新潮文庫

水の肌

松本清張著

新潮社版

2869

目次

水の肌

指

一

まったく偶然なことから、見知らぬ同性どうしが知合いとなり、特殊な友情を深めてゆく話は、陳腐《ちんぷ》な物語として顧みられないものだが、「陳腐」が日常性から発している以上、現実にその例が多い。

福江《ふくえ》弓子の経験がそれである。

ある早春の雨の晩、弓子はつとめているバアからの帰りを客に車で送られた。ほかに同じ店の女の子が二人いたが、客は順々に家の近くで降ろして回るつもりだった。これは女の側に有難迷惑な場合があって、いろいろな意味で本当の住所を知られたくない。

弓子は神田あたりまで来たとき、此処《ここ》で降ろしてほしいと客にいった。客は、おや、君のアパートは池袋のほうではなかったのか、と訊《き》いた。ほかの女からでも聞いていたとみえる。いいえ、ここでいいのよ、と弓子は隣で腰を浮かせた。客の向うわきに坐《すわ》っている女も、助手席の女も黙って微笑していた。弓子にいちばん気のある客は、道路に降りて傘をひろげた彼女に未練そうな視線を投げた。

いつもよりは少し酔っていた。咽喉《のど》も乾いている。弓子は濃いコーヒーが飲みたかった。当てずっぽうにおりたところは商店街の近くで、十一時半だから、むろんどの家も戸を閉めていた。通りは暗く、街燈《がいとう》のまわりに雨が光っていた。広い道路の向うを学生らしい四、五人の影が坂を上っていた。

雨ではタクシーの空車もなかった。それに、これから見馴《みな》れた池袋の街にもどる気はせず、今夜はどこか知らない場所でコーヒーを飲みたい気持がしきりと動いていた。――してみると、このときからすでに彼女には何か変った経験を求める好奇心のようなものが起っていたといえる。

傘をさして十二、三分は歩いたと思われるが、さっき学生たちが行った坂道を上ると、御茶ノ水駅の手前あたりで、せまいがこぎれいな二階建の喫茶店を発見した。外から眺めると、階下も二階も窓に青いカーテンを半分閉じ、その半分の白いレースカーテンにあたたかそうな灯が映っていた。

雨のせいで、客でいっぱいだった。場所がら階下は学生が多いが若い会社員もいる。二階はロマンスシートで、アベック客が多かった。もう十二時だが家の者の思惑《おもわく》はどうなっているのか、遊び好きの若い女は雨に閉じこめられて屈托《くったく》もなく相手と話し込んでいた。

空いた席がなかった。弓子が席と席の間の狭い通路を眼でさがして歩いていると、一人客の横が空いていた。向い合って坐る式でなく、一方に向っていっしょにならぶ椅子《いす》なので、見知らぬ男だと困るが、幸い、その人は中年の女だった。黒っぽい和服を着ていて、前の小さな卓に便箋《びんせん》をひろげ万年筆を動かしていた。ちょっと見ただけで、素人《しろうと》ではなく、花柳界で呼吸《いき》をしているひとの感じであった。

「ここ、掛けてもよろしいでしょうか？」

弓子が遠慮そうに訊くと、その女は黒い瞳《め》をあげて、

「どうぞ」

と、微笑し、身体《からだ》を片側に寄せるようにした。

弓子は、そのひとが手紙を書いているので、なるべくそちらのほうは見ないようにして椅子に浅くかけ、ほかの席のほうを眺めていた。若いアベック客は頬を寄せ合って話しこみ、肩に手を当てているのもいた。こうした中で三十の半ばに近いと思われる女性がひとりでいるのがちょっと場違いにも感じられた。もっとも、相手の男性を待っているのだったら、迷惑をかけることなので、坐っている弓子も落ちつけなかった。

さっき、こっちに顔をあげたとき、その女の黒い、大きな眼がすぐ印象にきたのは、ふっくらとした頰の、白い顔との対照が強かったからだろう。雑誌の口絵写真に京都の美人が出ていたが、同じ系統を思わせる顔だった。註文《ちゅうもん》したコーヒーがきたので弓子は少し姿勢を前の卓に戻したが、隣の女はまだ手紙を書いていた。そのそばには紅茶と菓子とが半分残して置いてあった。それとなしに眼の端に映るままを観察すると、中高《なかだか》な横顔で、半分見える唇のかたちも整っていた。書いた文章を読み返すときの自然の長い睫毛《まつげ》の動きに気品のようなものさえ感じられた。

弓子は、この女性を、さっきは花柳界のひとかと思ったが、銀座のバアのマダムだろうと思い直した。着物の柄が少し地味だが、上品な派手さが滲《にじ》んでいて趣味はいい。古代模様の帯の錆朱《さびしゅ》が引き立っていた。

弓子のこの観察が当っていたことは、二人で話し合うようになってから分った。隣の女は便箋と万年筆をハンドバッグにしまい、新しい熱い紅茶を頼んでから弓子に話しかけてきた。柔らかい口調と、きれいな微笑とは女でも色気を感じるから男客の人気のほどが思われた。

ずっとのちになっての弓子の回想の中にその時の会話が浮んでこない。弓子のほうはバアのホステスをしていること、相手は「天使魚」というバアのマダムをしていることを名乗り合ってから急に共通の話題が運び、親密感をおぼえただけを記憶している。そしてその親密感には弓子が相手の生方恒子《うぶかたつねこ》に感じた魅力――気品ある色気のようなものに惹《ひ》かれたのが大きかった。恒子のほうで弓子をどう考えたかはあとで分るのだが、とにかくその場で弓子は知らないバアのママの車で送られることになった。

「雨が降っているし、もう遅いからわたしの車でお送りするわ。あなたは池袋とおっしゃったわね、わたしは目白だから道順になるわ」

タクシーでなく、中年の運転手のいる乗用車が喫茶店の前にすべってきた。

「目白につけて、それからこの方を池袋に送って頂戴《ちょうだい》」

ママは運転手に云《い》いつけた。お抱えの運転手つきの自家用車を持っていることから弓子は「天使魚」の店の大きさを想像した。いいえ、ちいちゃいの、女の子も二十人そこそこよ、とママは車の中で答えた。それだとよほど金持か、金持の応援者があるに違いなかった。

目白台には大きなマンションがあるのを弓子は知っていた。げんに銀座のある店のマダムがそこに住んでいると聞いているのだが、車がとまったのは大きな坂道から枝道を上りつめたところで、高い木立ちが黒々とそびえていた。近所も大きな邸宅ばかりだが、その木立ちを背景に十八世紀風な白亜のこぢんまりした三階建の洋館が、黒い、飾り鉄柵《てつさく》に囲まれて建っていた。車が停ったのは荘厳《そうごん》な鉄扉《てっぴ》の前で、鉄の門柱の瓦斯燈《ガスとう》になぞらえた外燈の光が鉄扉に浮彫りにした中世ヨーロッパ風な紋章を淡く照らしていた。

眼を瞠《みは》っている弓子にママは、ちょっと中に入ってお茶でも飲んでくれと誘った。

「わたし、ひとりしかいないのよ。どうぞ」

一応遠慮したあと弓子はママのうしろに従った。たった一時間前に遇《あ》った人の部屋に深夜入るのも、彼女に前からきざしていた好奇心の素地からだった。

このマンションの入口からしてそうだったが内部も欧州の古典的な擬古《ぎこ》趣味が施されてあった。廊下の天井も、部屋のドアも、窓のかたちも、階段の手すりも、そうした意匠に満ちていた。池袋から巣鴨《すがも》に行く途中の銭湯の角から入った古いアパートで暮している弓子には別世界の生活だった。寒い雨の外から入った身体をスチームがあたたかく包んだ。

「ここが管理人室なの」

ママは入口からすぐ左側の明りの消えた部屋をさして低い声で云った。

半円に曲った階段をあがって薄茶色の絨毯《じゅうたん》のしいてある廊下の両側には、階下と同じくすべてベージュ色に統一された部屋がならんでいた。それぞれのドアも、入口の上も木彫りの装飾がつけられ、窓の形は蒼穹型《アーチ》だった。ママの部屋はその奥まった右手で、むろん中の模様も素晴らしかった。居間と寝室の二室つづきで、べつに広い浴室が付いていた。その調度や飾りについてくどくどということはあるまい。

クッションの上に、掌《てのひら》の二倍くらいの小さな犬がうずくまって弓子を見ていた。そのまるい頭と立った耳は鼠《ねずみ》を連想させた。茶褐色の胴体は細く、毛はそう深くなかった。

「これ、何という犬ですの？」

「シーワワーというの。アメリカ人が可愛《かわい》がる犬ということよ」

弓子が近づくと、犬ははじめ警戒して耳を立てていたがすぐにそれを両側に落してゆらぎ、鼻を近づけて彼女の指を舐《な》めた。

「牝《めす》だから、うちには男気《おとこけ》がないの」

犬は、ママに誰かが与えたものにちがいない。この部屋と生活費といっしょにである。たしかに部屋の中に男の物は見当らなかったが、その影は感じられた。

犬はずっと沈黙していた。

陽春のように暖かい部屋の中で、ママはウイスキー入りの紅茶を淹《い》れて、革張りのソファに沈んでいる弓子をもてなし、お腹《なか》が空《す》いてないかとやさしく訊いた。弓子が、

もうお暇《いとま》しなければならないからと云って断わると、ママは黒い、潤《うるお》いのある瞳《め》で弓子をじっと見つめ、

「あなた、今夜、泊ってゆかない？　もう一時半よ」

と云った。

弓子の緊張は解けていた。ここにはママの云う通りだれも居なかった。次に、なれなれしくこうして招かれるのも自分の店で働いてくれないかという誘いとも思ったが、その懸《け》念《ねん》も消えた。その懸念はなさそうである。それはママの表情や様子で分る。様子というのは弓子に対して全く対等であり、表情というのは弓子を気に入った友人として深い親密さにあふれていた。弓子の側からいえば、王朝風な意匠の小シャンデリヤの下に輝くママの顔がますます美しくみえ、その上気した頰と、しなやかな身体つきに同性ながら魅惑をおぼえたのだった。

二人で軽い酒を飲んだあと、ママは、わたしのものでよかったら、といって絹のパジャマを出した。弓子がうしろを向いて服を脱ぐのも手伝った。そのとき、ポケットから銀色の円いものが床に落ちた。

「あら、これ、なあに？」

ママは手にとりあげた。

「服の寸法を量る巻尺《メジャア》なんです」

「あなた、こんなもの、いつも持って歩いてらっしゃるの？」

「昼間の内職に洋裁してるんです。お店の女の子にも頼まれるので、いつもこれを持ってるんです」

ママは恥ずかしがっている弓子を見つめた。

「あなた、デザイナー志望なの？」

「デザイナーにはなれませんが、将来、小さな洋裁店ぐらいは持ちたいと思います。わたしも、もう二十六ですから」

「えらいわ、あなた。……じゃ、いつか、わたしのお洋服もつくってね」

「とんでもありませんわ。わたしのはお店の女の子の間に合わせのものばかりですから。まだまだ下手なんです」

「かまわないじゃないの、練習だと思って……」

寝室のベッドは二つならんでいた。が、弓子にとってそれは意外ではない。これだけ贅沢《ぜいたく》な暮しをしている女に誰も居ないというほうが不可解だった。ただ、弓子はその人の居ない立派なベッドに寝せてもらうのが気の毒だった。

二人ならんで寝てからも話をした。枕元《まくらもと》の壁にとりつけられたうす紅《あか》い灯がママの頰を染め、その真黒い眼に光を点じていた。

もう、二時半だから睡《やす》みましょうとママは云ってスタンドの灯を消した。が、弓子は妙に胸が鳴って睡《ねむ》れなかった。それは隣でママがたびたび吐息をついて寝返りを打っているせいでもある。ママの眠れないことが弓子に反応していた。

「ママさん、睡れないんですか？」

弓子は闇《やみ》の中で小さな声を出した。

「ええ」

ママは溜息《ためいき》のような返事をした。

「じゃ、何かまたお話ししましょうか？」

「話は結構よ。遅いから黙って寝ましょう」

十分ばかり経《た》った。ママの足先が弓子の脚の上に乗った。弓子は暗い中で眼をいっぱいに開けていた。意外ではなかったから、ママの足から逃げなかった。

それから弓子は、曾《か》つてアメリカ人の恋人に施された通りの技巧をそのままママの上に実行した。それは長い時間をかけて女にのみ愉楽の懊悩《おうのう》を与える技だった。三十五歳の生方恒子は女でも最も女らしい身体をもっていた。

二

弓子は三日おきぐらいに目白台に行った。そのマンションは名も「楡館《エルム》」といった。「楡館」に四日も行かないでいると、恒子から店に電話がかかってきた。

銭湯の裏の、六畳一間の部屋で暮している弓子には、凝りに凝った恒子の高級マンションの生活がこの上なく快適であった。いずれは短く終る華やかな夢だとは思っていても、それがつづく間は享受《きようじゆ》してよかった。恒子の饗応《きようおう》も心がこめられていた。彼女は、銀座のママとしての誇り《プライド》も、年上だという意識も捨てて、貧しくて見すぼらしい弓子に尽した。

夜は、明け方まで二人で抱き合ったが、弓子の多少嗜虐《しぎやく》的なやりかたに、疲れ果てた恒子がベッドの下に落ち、長いこと俯伏《うつぶ》せに横たわって動かなかった。髪の乱れも、裸の臀《しり》もそのまま弓子に見せていた。弓子はベッドの上で煙草《たばこ》を喫い、男の気持で、女の陶酔的な困憊《こんぱい》の状《さま》を見下ろすのが常だった。

「もう、わたしの身体はあなたから離れられなくなったわ」

恒子は弓子に接吻《くちづけ》を求めて云った。

「でも、あの方のほうはいいの？」

弓子はきいた。

あの方というのは小沢誠之助といって今年六十一になる。大阪に会社を持っていて住居は京都、月に二、三回ぐらい東京に出てこの部屋に泊る。恒子が打ち明けたことだった。

「どうだってかまわないわ。ここんとこ、会社の仕事が忙しいといって来ないんだもの」

道理で、恒子のベッドに半月以上も寝ているが、小沢という人は姿を見せなかった。

「いつか、ママが喫茶店で書いていた手紙、あれ、小沢さん宛《あて》なの？」

「そんな情熱なんか、わたしにはあの人に無いわ。来てもいいいし、来なくってもいいし……」

恒子は投げやりな調子で云った。それがまんざら弓子への体裁だけとも思えなかった。

「わたしは、あなたが居ればいいのよ」

しかし、身体の満足は与え得ても、ママには一銭もあげられないわ、と弓子は云いたかった。贅沢《ぜいたく》に馴れた女は後援者の恩恵を忘れていた。だが、そのことは、小沢という社長のほうで恒子に心を奪われている証拠でもある。でなかったら、恒子は小沢にもっと細心な注意を払い、彼の出京の遠いのを憂慮し、ときにはそれが表情に出るにちがいなかった。恒子は小沢のことを弓子にうとましげに云うくらい、彼の愛情を得ていた。

だが、恒子が口さきだけではあるが、小沢に倦怠《けんたい》をおぼえているのは、年齢からくる彼の能力に原因があった。弓子の想像ではなく、恒子がはっきりとそう云った。

そんな話をしているとき、鼠に似た小さな犬はクッションの上から眼を輝かしてこちらを眺めていた。この犬は、夜、弓子が恒子を虐《いじ》めているとき、隣の部屋で音を立てずに歩き回るのだった。

「あの犬、気になるわ」

弓子はその最中に云った。

「どうして?」

「主人の云いつけで、こっちをのぞいているような気がするんだもの」

「ばかね、シーワワーは黙っているのが特徴だわ」

主人の云いつけで、と云ったのに恒子が否定しなかったことで、その犬も小沢が彼女に与えたことが明瞭《めいりよう》となった。牝犬というのにも小沢の配慮がありそうだった。

「あなたのその素晴らしい技巧はどこでおぼえたの？」

恒子はうるんだ眼で弓子にきいた。恒子は満足し切ると、瞳《ひとみ》が熱を帯びたようにうっとりとなり、身体つきも嫋々《じようじよう》となるのだった。

弓子がアメリカ人と三ヵ月間暮したのは三年前だった。いい家《うち》の息子と恋愛し、北海道の旭川《あさひかわ》に逃げたが、間もなく息子のほうは家の者が来て連れ帰った。彼女ひとりで東京に帰るつもりで札幌《さつぽろ》にきたとき旅費がなく、見ず知らずのバアにとびこんではじめて働いた。客にきていた若い米兵の云うなりになったのも恋人に逃げられた絶望と空虚からである。やがて千歳《ちとせ》の町に住まわせられた。駄菓子屋の裏で、四畳半一間だった。冬で、畳の上のストーブの前に白樺《しらかば》の切ったのを積み上げて、二、三本ずつ入れる。蒲団《ふとん》と畳に映える煖炉《だんろ》の火の赤い色と、汗が出るようなぬくもりとは未《いま》だに忘れられない。——

「それで、そのとき、その人にしてもらったことをみんな覚えていたのね」と、恒子は大きな息を吐いた。「駄目よ。ほかの女の人にこんなことをしちゃ……」

恒子はお小遣いをあげようと申出たが、弓子は微笑で断わった。金は不自由していたけれど、それを貰《もら》って了《しま》えば彼女と不潔な関係になる、みじめな思いをするのは自分のほうだった。

「そう。感心ね。じゃア、わたしのお洋服をつくってくれるのだったら、どんなものでも着るわ。その代り、お礼をするのはいいでしょう?」

「下手だけど、ママさんがそう云うのならつくらせていただくわ。でも、お礼のほうは、こんなによくしていただいてるんだもの、結構です」

「ばかね。そりゃ、ビジネスじゃないの。あなたが、どうしてもそれにこだわるんだったら、管理人のおばさんのワンピースでも何でもつくってよ。それだったら、わたしのもいっしょにお金が受け取れるでしょう?」

紹介された管理人の女房は四十七、八の瘦《や》せた女であった。細井という名が体を現わしていておかしかった。かねて恒子から潤滑油が回っているとみえて、彼女には叮嚀《ていねい》で、普通以上に気をつけていた。もちろん、早速に弓子にワンピースの註文をした。よく喋《しゃべ》る女だった。亭主はどこかの会社の警備員で、休日以外、夕方から朝まで帰ってこなかった。子供もなかった。彼女は、弓子がしげしげとここに泊りにくるので、恒子と弓子の関係を察していた。しかし、恒子に好意を寄せている間はだれにも洩《も》らしはしないだろう。

三週間くらいつづいたある晩、弓子が恒子と縺《もつ》れ合っているとき、隣室にかすかな足音を聞いた。恒子のほうがさきに気づいて、動作をやめ、耳を澄ませた。

「小沢かもしれないわ」

おし殺した声で恒子は云った。

「え？」

「ほら、こっそり出て行くじゃないの。さっきからわたしたちが夢中になっているのをこのドアの向うから聞いていたんだわ。あの人、合鍵《あいかぎ》を持ってるから」

弓子は身体《からだ》に冷水を浴びせられたようになった。

「どうする？」

うろたえて恒子の身体から離れた。

「大丈夫よ。あんたはそっちのベッドで寝てて」

部屋の中で訪問者のチャイムが高らかに鳴ったのはそのときだった。

恒子はもうベッドから起きて手早く髪を直し、桃色の柔らかい寝巻きをつけ、伊達《だて》巻《まき》を締めはじめていた。大胆に寝室のドアを開けると、訪問者の佇《たたず》んでいる次の間にすすんだ。

「まあ、パパ」

恒子は感動の声をあげた。

「いつ、来たの。まるきり知らなかったわ」

相手の腕の中に身を投げ入れるような気配がした。

「パパがあんまり来ないし、この広い部屋でわたしひとりじゃ寂しいでしょう。お友達に泊ってもらってるの。……紹介するわ」

潤達《かったつ》な笑い声が寝室に入ってきた。声だけというのは、弓子が蒲団を頭からかぶって身体を縮めていたからである。その人がさっきからこちらの様子に聞き耳を立てていたと思うと弓子は顔をあげることができなかった。この場をとりつくろいながらも、はらはらしている恒子の様子も手にとるようだった。

「いいよ、いいよ」

と、年配の男の声はそこで弓子に云《い》った。

「どうもありがとう。わたしも忙しくて、あんまりこれのところに来てやれないで心配だったんですよ。女性のあなたで安心しました。……分っていますよ。が、わたしはちっとも腹を立てていない。憤《おこ》るどころか、わたしはあんたに感謝している。どうか、できるだけ多く恒子のとこに泊ってやって下さいよ」

三

小沢誠之助から、パトロンの寛大さというよりも、愛人の男除《よ》けの役目を感謝されて以来、弓子は恒子と寝ることが「公認」となった。

この華麗な（もっとも、その十八世紀風も見慣れるにつれてそれほどでもなく、かえってまやかしの部分が眼についたけれど）マンションの住人たちには弓子もあまり顔を見られずに済んだが、管理人の女房の細井ヨシ子とは恒子の関係上知合いとなった。例のワンピースを頼まれてから、二、三枚「洋服」をつくってやったので、寸法測りだとか仮縫とかで、何度もその部屋に入った。初めて恒子に連れられてこのマンションに入ったときも、あれが管理人室だと入口から左手の狭い部屋を教えられたが、その中も狭隘《きょうあい》で粗末なものだった。もとより恒子の部屋のように月十五万円もする豪華とは違い、持主が無料で住まわせているのである。が、それでも弓子の風呂屋《ふろや》裏のアパートよりはずっと立派で、子供のいないせいか、こざっぱりした諸道具がきちんと整頓《せいとん》されてあった。

細井ヨシ子は恒子をたいそう讃《ほ》めて、バアの経営者には似合わず、おっとりしていて素人《しろうと》くさく、正直な人だといった。そして、恒子には女でも性的に近い魅力を感じ、こちらで始終かばってやりたくなると云った。この感想は弓子の意識と合致した。それで、この櫛館の男たちも恒子に心を惹《ひ》かれている者が少なくないが、彼女は感心に見むきもしない、と細井ヨシ子は話をつづけ、バア「天使魚」の客も彼女に執心している者が多いけれど、恒子は小沢誠之助ひとりを守っている、それはわたしが彼女の様子を始終見ているから証明できる、小沢にもそれが分っているから恒子を大そう大事にしている、ただ、男の嫉妬《しっと》心《しん》は仕方がなく、小沢の会社の東京出張所の運転手を付けて彼女の外出や店の送り迎えに一種の監視をしているのだとヨシ子は話した。

弓子はそれではじめて恒子に最初に遇《あ》った雨の夜、自由に乗り回す自家用車と運転手の謎《なぞ》が分った。と同時に、小沢に感謝された理由がもっと明確に腑《ふ》に落ちた。

「小沢さんは、この前もわたしに遇って、弓子さんが恒子さんと仲よくしてくれているのは本当に安心だといって、ひどくあなたをほめていましたよ。あなたが地道にデザイナーを志していることも感心していました」

仲よくしている、という意味を呑《の》みこんでいる細井ヨシ子は歯茎《はぐき》を出して弓子にニヤリと笑いかけた。

弓子と恒子の関係はそれからも半年以上つづいた。つづいた、というのはそれからは弓子のほうで目白台から遠ざかったからである。原因は恒子の弓子に向ける激しい嫉妬にあった。

恒子は、弓子の男関係のことにはあまり興味がなかったが、同性となるとひどく追及した。店の女の子と怪しいといって、自分で妄想《もうそう》をつくりあげ、弓子を責め立てた。たとえば、自分で買った安物のブローチでも、耳飾りのようなものでも決して信用せず、だれか好きな女《こ》からもらったのだろうと云い募り、近ごろわたしのところにくる回数が少なくなったのもそのためだといって狂った。

弓子は女の異常な嫉妬をはじめて知った。恒子をなだめるため、彼女の興奮が鎮《しず》まりかけたところでベッドに手を把《と》ってゆくのだが、そのときの恒子はいっそう女らしく燃えていた。弓子は、恒子が優雅な顔と容《かたち》をしているだけに次第に浅ましさを感じてきた。これが実際の男だったら、こんな感想は持たないだろう、外見がしとやかな気品を持っているだけに、夜の露《あらわ》な肢体は充分に男の好き心を深め、愉悦を昂《たか》めるにちがいなかった。が、女どうしは隙間《すきま》がある。その趣味のひとなら別だが、弓子は普通の女であった。

恒子は、弓子が少し間を置くと電話をうるさくかけてきたが、終りのころはそれも少なくなった。

「あなたともお別れが近づいたわね」

ある晩、恒子がしんみりとした調子で弓子に云った。彼女も弓子の気持が判《わか》ってきたのだった。

「ずいぶん、わが儘《まま》ばかり云ってごめんなさいね」

　弓子はうつむいていた。

「このへんであなたを自由にさせてあげるわ。あなたがいい結婚の相手を見つけるようにね」

「当分、その気はないわ」

「いいのよ、わたしに遠慮しなくて。あなたと別れるのは辛《つら》いけど、あなたの立場を考えなくちゃね。……短い間だったけれど、ほんとに、わたしは愉《たの》しかったわ。ありがとう」

「…………」

「あなたに何かあげたいけど、お金を少し、どう？　前にお小遣いをあげるといって叱《しか》られたことがあるけれど」

「お金はいらないわ」

「でも、あなたが洋裁店をもつときに少しは役に立つわ」

「そのときは何とか自分でします。お金をママからはもらいたくないの」

「そう。……じゃ、あの犬はどう？　あんたにだいぶんなついてきてるから」

　恒子はうしろを振り返った。クッションの上のシーワワーはこっちを見つめ、背中に捲《ま》きあげた尻尾《しっぽ》を振っていた。

「犬も欲しくないわ。……家に置いておくと、いつまでもママの思い出が残るから。何も要らないわ」

結局、弓子は恒子から何一つ貰わずにこのマンションから去った。

それから三ヵ月経《た》って、弓子は恒子を想《おも》って、そのマンションに電話した。

「生方さんは一ヵ月前に亡《な》くなりましたよ」

と、管理人の細井ヨシ子はおどろくべきことを告げた。

ろくに声も出ない弓子に管理人は教えた。

「大阪で小沢さんが脳溢血《のういっけつ》で急に亡くなりましてね。二ヵ月前なんですけど。それで生方さんはすっかり悲しまれておられたんですが、とうとう銀座の店も手放して睡眠薬自殺をなさいましたよ。警察では睡眠薬の飲みすぎだと云ってますが、わたしはそうは思いません。あの部屋も今はほかの人が入っています」

恒子の自殺にはいくらか自分の影が落ちているような感じがして弓子は後味が悪かった。あのマンションに行くのをもう少しつづけていたら恒子の自殺を食いとめ得たような気がした。恒子のような絶えず誰かを頼っている女、そして異常な嫉妬でも分るように思いつめたあげく錯乱を生じる女は発作的に多量の睡眠剤を飲みそうだった。

弓子は恒子との半年間の友情をなつかしんだ。

あの鼠《ねずみ》のような顔をした小さな犬はどうなっているのだろう。——電話で細井ヨシ子に訊《き》くのを忘れた。

しかし、弓子はいつか生方恒子のことが頭から消えるようになった。恒子の自殺を聞いてから一年後に新しい恋人ができたのである。

新しい恋人は店にくる客だったが、あまり世間にすれてない青年だった。弓子より二つ年下の彼は熱心に求婚した。相手の家がいいので弓子は断わったが、青年は諾《き》かなかった。

ちょっとした機会で深い人間関係ができる例が弓子と恒子の場合にあったように、「陳腐な偶然性」が日常生活から発している以上、同じ範疇《はんちゅう》の理論で、弓子のその恋人が小沢誠之助の次男であったとしても、この話はそれほど不当な非難を受けることもあるまい。

小沢誠之助が死んで長男が社長となり、次男は専務となって、出張所から昇格した東京支店長を兼ねた。長男も次男も、亡父が生方恒子を目白台のマンションに住まわせていたことなど分ってはいない。恒子に付けていた出張所の口の固い運転手は、社長の死後、暇をとって四国の故郷に帰ってしまったから、目白台のマンションの秘密をだれひとりとして知るものはなかった。まして、弓子と恒子の間は全く闇《やみ》から闇に流されてしまった。

弓子は婚約を承知したとき、因縁の絶妙に感動した。恒子と一つベッドの中に抱擁しているとき、寛闊《かんかつ》な笑いと感謝の言葉を述べた相手の父親の声が耳朶《じだ》に蘇《よみがえ》った。何だか自殺した生方恒子の霊が小沢の息子と自分とを引合せてくれたような気がした。だが、小沢潤二《じゅんじ》がこの秋の新家庭を目白台の「楡館《エルム》」に持とうといったとき、弓子は肝を潰《つぶ》した。

「それは立派なマンションだよ。名前からして楡館といって十八世紀風のルイ王朝時代にそっくりの建物なんだ。君、見たことない？」

「いいえ」

「見たら、きっと気に入ると思うよ。いまどき、あんなクラシックなマンションはないよ。アメリカ式の俗悪な建物ばかりだからね。ぼくは、もう二階の一部屋を予約してしまったよ。秋の結婚まで当分ぼくひとりで暮すつもりだ。もう、金輪際、ほかのマンションは借りないつもりでいる」

その部屋が二階の奥まった右手のものかどうかまでは訊きだす勇気が弓子になかった。

潤二は金持の息子らしく鷹揚《おうよう》なところもあったが、自己本位の意地張りなところがあった。彼と交際しているうちに次第にその性格が分ったのだが、弓子はすでに潤二がその母と兄の承諾をとっているということの結婚をとり逃がしたくなかった。すでに三十近くになっている貧しい女に二度とこういう幸運がくるとは思えない。彼女は潤二に弱気になって、そのマンションに入るのを反対することができなかった。

潤二は楡館を見てくるように弓子に何度もすすめたが、その都度、彼女はいろいろな口実をつくってそれを延ばした。一度などはすんでのことで一緒に連れて行かれるところだったが、うまく逃げた。

彼が大阪の本店に二週間ほど出張することになり、その間に必ずマンションを見ておくようにと弓子にきびしく云いつけた。

弓子が楡館に行きたくない理由は、そこに管理人の細井ヨシ子がいるからだった。二年前、生方恒子の部屋に通っているころ、各部屋の住人とはほとんど顔を合わさず、入口のところや廊下などですれ違うとき、弓子のほうで顔を伏せたりそむけたりしたから、今度だれに見られても分りはしなかった。だが、あの管理人の女房だけは違う。あの瘦《や》せこけてた中年女は、何でも知り尽している。

二年前のことだから、管理人も変っているかもしれないと思い、実は潤二から楡館を予約したと聞いた翌日、弓子はマンションに電話したが、すぐに聞き覚えのある細井ヨシ子の声が出たので絶望した。

あの女がわたしの幸福を奪い取る、と弓子は思った。あの女は恒子との夜ごとの淫《いん》靡《び》で忌《いま》わしい交渉のすべてを詳しく知っている。それを彼に告げられでもしたら、一切が終りだった。恒子の庇護者《ひごしゃ》がほかならぬ潤二の亡父なのだ。この関係が潤二の不快を憎悪《ぞうお》にまでたかめるのは明らかだった。

もっとも、細井ヨシ子が弓子の過去の秘密を潤二に云うとは限らない。が、どんなひょうしで彼女の告げ口がはじまるか分らなかった。ことに、同じマンションを新居にすれば、ヨシ子はその羨望《せんぼう》と妬《ねた》みから、何かの機会に破壊を試みるか分らない。人間は他人のあまりの幸福を悦《よろこ》ばぬものだ。両者の何かの感情の行き違いが生じたとき、ヨシ子に過去を暴露される危険性は充分にあった。

そんなところに、おちおちと暮すことはできなかった。いったん楡館に入った以上、弓子は絶えず細井ヨシ子に気をつかい、おどおどし、顔色をうかがい、機嫌をとらねばならなかった。それですら、なお安全性が確保されているとは思えないのだ。愉《たの》しい新家庭が分裂する不安で、怯《おび》えた毎日を過さなければならないのである。

だが、潤二にほかのマンションに変ってくれと弓子が頼んでも決して承知してくれるはずはなかった。彼は、わが儘《まま》な性格の上に楡館が絶対に気に入っているのである。もし、弓子が執拗《しつよう》に変更を言い張れば、彼はその理由を質問するに違いなかった。理由は弱く、何も無いに等しかった。うっかりすると、秘密をかぎつけられるおそれさえある。

四

潤二が大阪の出張から戻る二日前、弓子は夜八時ごろ、楡館マンションを訪ねて行った。二年間以上眼にしなかった建物は少しも変らなかった。外から見上げたところ、二階の奥まったあの部屋の窓の明りは全部消えていた。疑いもなく潤二が予約しているのである。が、これは弓子にとって意外でなく、はじめから因縁を深く感じていたことである。

八時ごろはこのマンションで最も人の出入りの少ない時間だった。弓子は左手のせまい管理人室のボタンを押した。細井ヨシ子が尖《とが》った顔を出した。

「あら」

と、ヨシ子は弓子を見て眼をまるくした。弓子は素早く中に入った。廊下でぐずぐずしていると、だれに姿を見られるか分らなかった。

「ちょっと、そこまで通りかかったので、おばさんのことを思い出してお寄りしましたわ」

「ずいぶんしばらくね。まあ、お上ンなさい」

ヨシ子はにこにこして弓子を上にあげた。

予想通り、夜警勤務の亭主は居なくてヨシ子一人だった。が、予想になかったことがあった。隅の座布団《ざぶとん》を積んだ上に鼠のような顔つきをした茶褐色のシーワワーが弓子を見て短い尻尾を振って立ち上り、彼女の膝《ひざ》に鼻を押しつけてきたのである。

「あら、この犬？」

弓子はびっくりした。

「そうなのよ、生方さんの犬ですよ。怜悧《かしこ》い犬ね、二年前のあなたをこの通りちゃんとおぼえているんだから。……この犬、生方さんが亡くなる二日前に、わたしにくれたんですよ。それだけでも生方さんは自殺だと思うんだけど、警察ではどうしても睡眠薬の飲み過ぎだといってとりあげてくれなかったしね。この犬もわたしのところに来て子を三匹産んだので人さまに譲りました。ずいぶんいい値で売れるものですね」

このシーワワーも、恒子との「情事」を垣間見《かいまみ》ていた。

弓子は、犬が指を舐《な》めようとしてもレースの手袋を脱がなかった。出された湯呑《ゆの》みも手袋のまま持った。不作法だが、洋服で来ているので、それほど不自然ではない。しばらく生方恒子の追憶談がヨシ子によって語られた。弓子は時間が気になった。あまり愚図愚図《ぐずぐず》してはいられなかった。

「あの部屋、いまはどういう方が入ってらっしゃるの？」

弓子は探りを入れた。

「一ヵ月前に空いたところをすぐ予約がついてね。……それがあんた、小沢さんという人なんですよ、ふしぎじゃないの、生方さんの旦那《だんな》さんと同じ姓だなんて」

「…………」

「あちらの小沢さんは大阪の方だったけど、今度のかたは東京にいる人でね。でも、まだ詳しいことは聞いていないから、そのうち、ここに引越してみえたら、よく訊《たず》ねてみたいと思っていますよ」

ヨシ子は今は何も知っていなかった。予約者が小沢誠之助の次男だということも、その妻に弓子がなるということも――潤二はこの管理人にまだ何ごとも話していないのだった。

これは弓子にとって僥倖《ぎょうこう》だった。もし、ヨシ子が潤二から事情を少しでも聞いていれば、興味のあまりにその亭主に話しただろうし、また、このマンションの住人にも洩《も》らしたかもしれない。一人でもその話を聞いていれば弓子の計画は致命的な危険にさらされる。あるいはその中止も考えなければならなかった。

「おばさん、今夜は突然お邪魔したので、何のお土産も持ってこなくてごめんなさい」

「そんなお気づかいは無用ですよ、あなたが久しぶりに来て下さっただけで、わたしはうれしいんだから。……で、あなたは、まだ結婚してないの？」

「わたしなんか誰も貰《もら》い手はないわ。だから小さな洋裁店を開く夢を追っているの」

「感心ね、ずっとその心懸けをつづけてらっしゃるんだもの。いまにきっといい結婚相手が出てきますよ」

何も知らない細井ヨシ子は弓子を慰めた。

「どうだか、あまり当てにはしてないわ。……それよりも、おばさん、お土産代りにおばさんの服をつくってさし上げたいの。いま、ここで寸法を測らせてちょうだい」

「わたしの服を？」

「相変らず下手なんだけど」

「とんでもない、二年前にあなたにつくっていただいたワンピースはよく似合うといって人さまにほめられていますよ。わたしは大事にしていて、あれからほかの店で服をつくる気がしないんですよ」

その後、新しい服をつくらないのはヨシ子の吝嗇《りんしょく》からであろう。弓子の申出を聞いたヨシ子はうれしそうに笑い、礼をくどくどと述べた。

「おばさん、寸法をとる前に、参考まで前にわたしがおつくりしたワンピースを見せていただきたいんだけど」

「はい、はい。あれは簞笥《たんす》の中に大切にしまってありますからね、いま出します」

簞笥に向って、ヨシ子が背を見せたとき、弓子はポケットから、銀色のまるい金具を出した。初めて恒子の部屋で着替えをするとき、ポケットから床に落ちた巻尺《メジャア》だった。弓子はその端から赤と黒の目盛りのある黄色い紐《テープ》を引き出し、一方の端を手袋をはめた指に捲《ま》きつけて何重にも摑《つか》み、金具《ケース》の側の紐《ひも》を同じように摑んで、その中間の緊張した紐をうしろからヨシ子の顎《あご》の下に当てた。

五十歳近い、痩せこけた女は力が無かった。それでも死の前の痙攣《けいれん》が起るまで十分はかかった。弓子にはその何倍もの時間に感じられた。が、彼女は犠牲者が息を吹き返す場合を考慮して、それからもたっぷりと十五分間は全身の力をこめて巻尺で絞めつづけた。紐は麻でできていて、その上にビニールで加工した強靱《きょうじん》なものである。

手を巻尺から放したとき、あまりに長いこと力を入れすぎたので、指が容易に伸びなかった。まるで痺《しび》れたように曲ったままなのである。やっとどうにか伸びた片方の二本の指で曲った指を一本ずつ伸ばそうとしたが、指の関節が痛んだ。

ふと気づくと、小さなシーワワー犬が座布団の上で弓子をじっと見つめていた。悪《お》寒《かん》が弓子の全身を走った。この犬は主人が殺される場面を吠《ほ》えもせずずっと眺めていたのだ。そして、二年前は、元の主人と現在の犯人との夜《よ》毎《ごと》の猥《みだ》らな場面を嗅《か》ぎ回っていた。

弓子は小犬に近づいた。犬は直感で分るのか耳をぴんと立てて警戒を示した。起《た》って少しあとずさりする犬のまるい頭を弓子は撫《な》でた。とまどっている犬の首輪をとらえ、その上の咽喉《のど》のところに弓子は巻尺の紐《テープ》をまきつけた。ヨシ子を絞めたあとなので、紐は皺《しわ》だらけになっていた。掌《てのひら》より少し大きい華奢《きやしや》な犬を絞めたので紐はよれよれになってしまった。力をこめて紐を握りこんだ両の指はまたも開かなくなった。

だが、よれよれになったところを元通りにしただけで紐は自動的な弾力でまるい銀色の金具の中に吸いこまれ、ちゃんと納まってしまった。

これで、二階の部屋に潤二と移っても、この犬に旧知の素振りを見せられることはない。細井ヨシ子の口も永久に開きはしないのだ。――

ドアの外に出ると、古典的な意匠の暗い廊下には十八世紀風な重々しい沈黙が下りていて人影もなかった。

はなれたところからタクシーを拾った弓子はポケットに入れている巻尺を何処《どこ》に捨てようかと考え、手袋を脱いで、指の屈伸運動をした。この手袋のおかげで、あの管理人の部屋には指紋一つ残さなかった。

あくる日、新聞を見ると、目白台高級マンションで管理人の妻が殺されている事件をかなり大きく報道していた。今朝、夜勤から帰った亭主が発見したのだが、湯呑二つと座布団が二つ出ているところをみると見知りの人間に殺されたか、または来客が帰った直後に来た犯人に絞殺されたかどちらかであろう、と書いてあった。しかし、被害者の愛犬まで殺されているところを見ると、日ごろからその部屋に出入りしている親しい人間が犯人と思われるという警察の話が添えられてあって、それには犯人の指紋が残ってないこと、絞殺に用いた凶器が見当らないことなどで計画的な犯行だとしてあった。

日ごろからあの部屋に出入りする被害者と親しい人間といっても、二年前の付き合いにまで警察の調査が遡《さかのぼ》るはずはなかった。以後の二年間は細井ヨシ子との関係が断絶しているのだ。あのシーワワー犬にしたところで、細井ヨシ子が生方恒子から譲りうけて以来、一度も管理人の部屋に行っていないので、ヨシ子の愛犬の線から自分が浮ぶはずはないと弓子は安心した。凶器の巻尺は晴海《はるみ》の岸壁から小石を投げるように海の中に抛《ほう》りこんでしまった。

これで潤二とあのマンションに愉しい家庭が持てる。いささかの懸念《けねん》も憂慮もなく、のびのびと自由に。――

「あら、あなた、指をどうかしたの？」

店で友だちがきいたので、弓子は、はっとした。あの日以来、指が悴《かじか》んだような感じなので弓子は屈伸練習が癖になっていた。店ではなるべくしないように気をつけているが、ほかの女たちが客の相手をしてこちらが退屈しているとき、思わずその癖が出たのである。

「ううん、たいしたことないの。この前、重い物を抱えたので、何だか指が変な具合になったような気がして……」

「彼とあんまり手を握り合うからよ」

店のママから結婚が近くなるまで出来るだけ居てくれるように頼まれて、義理にここにつとめているが、それもそう長くはない。

五

女管理人が殺されたという薄気味悪い事件があったにもかかわらず、小沢潤二の楡館に対する執心は微動だもしなかった。その事故があって三ヵ月すぎた秋、彼と結婚した弓子はマンションに引移ってきた。

管理人は替っていた。今度は区役所を退職した元職員夫婦だった。もちろん何ごとも知っていなかった。また、マンションの人々も弓子の顔を見ても何も気がつかなかった。

潤二と落ちついた部屋は、生方恒子の居たところだったが、その後、住人が二度も替ったせいかあのときの雰囲気《ふんいき》は少しも残っていなかった。それでも弓子は、恒子のいたときの空気をできるだけ破壊するために、装飾や色彩に気をつかった。その結果、部屋は同じでも当時の印象は原形もとどめなくなってしまった。

幸福な毎日がつづいた。弓子は日に何度も管理人室の前を通るが、ここで自分が犯罪を行なったことなどまるで夢の中の出来事としか思えないほど心に何の影も射《さ》さなかった。管理人は変っている。自分の環境も変っている。恒子の印象をいまの部屋から追い出したように、遠い過去も近いそれも意識の中に全くもとのかたちを残していなかった。新しいことずくめであった。むろん、この部屋が父親や妻と特別な関係があったとは露だに知らなかった。

潤二は親切であった。

弓子は早く子供を持ちたかった。過去の記憶が無くなったとはいえ、此処《ここ》から出てゆくのに越したことはない。そうしたら、完全に記憶は死滅する。

ある日、潤二が外から片手にバスケット籠《かご》を提げて帰った。潤二がいそいそと籠の蓋《ふた》を開けて中のものを抱きあげたとき、弓子は眼球に石をぶっつけられたような衝撃をおぼえた。

茶褐色をした、鼠《ねずみ》のような耳と顔をした小犬——まぎれもなく自分が巻尺で殺した生方恒子と細井ヨシ子の共有の愛犬が夫の腕の中にあった。

「おや、どうした?」

と、潤二は顔色を変えた妻をのぞきこんだ。

「どうもしませんけど……」

「でも、ずいぶんびっくりしているじゃないか?」

「あんまり突然だったので……」

「そうか。君に云《い》わなかったのは悪かったがね、このマンションの近くに前から住んでいる人が会社の取引関係の人でね、ぼくが昼間は女房がひとりでいるので寂しがっているから犬でも飼いたいと云っていたところ、今日わざわざ会社に届けてくれたのだ。……君が犬が嫌いだったら悪かったね」

「いいえ、好きよ。嫌いじゃないわ」

嫌いというとあの犯罪に結びつけて考えられそうな恐怖が起り瞬間にそう答えてしまった。が、胸の動悸《どうき》はまだ熄《や》んでいない。

「そりゃよかった。……こいつはシーワワーといってね、アメリカ人が非常に愛玩《あいがん》している。ね、小さくて可愛《かわい》いだろう？　大へん機敏で利発だそうだ。やたらと吠えたり唸《うな》ったりしないからうるさくなくていい。品種の起原はずっと昔のメキシコあたりらしいが、詳しい講釈は聞いたけど忘れちゃった」

「これ、その方がどこかでお買いになったの？」

「うむ、買ったのは買ったのだけど、犬屋からじゃない。ほら、このマンションの前の管理人のおばさんが殺されただろう？」

「………」

「そのおばさんも牝《めす》のシーワワーを飼っていて、同種の犬と交配させて仔《こ》を三匹生ませた。その一匹をその人が買ったというんだ。母親のほうは可哀想《かわいそう》に主人といっしょに殺されたがね」

シーワワーは夫の腕の中で耳を立てて動き、弓子のほうに半身を乗り出すようにした。

弓子は細井ヨシ子を訪ねたとき、恒子からもらった犬が三匹の仔を生み、高く売れた話を思い出した。その一匹が近所の取引先関係のところに渡ったのだ。眼の色も、毛の色も、鼻の色も全くあの犬と同じなのはそのためだった。

「ね、とても小さくて可愛いじゃないか。抱いてごらん」

夫に云われて弓子は両手を出した。小利発なシーワワーは親の敵の腕に短い尻尾《しっぽ》を振り喜々として移った。

「どう、よく、君になつくじゃないか？」

「ええ。可愛いわ」

心を殺して弓子は云った。

その犬と二、三日暮したが、弓子はどうにもやりきれなくなった。折角、恒子の印象をこの部屋から抹殺《まっさつ》したのに、最も濃厚な影の実体がとびこんできた。

夫は、「リカ」と命名したこの犬を可愛がっていた。それで、弓子も家庭生活を破壊しないために、この犬を可愛がるような振りをした。が、彼女はこの犬を手もとに置き、その世話をするのが次第に大きな負担となってきた。毎日この犬から眺められるのが憂鬱《ゆううつ》であった。

ある日、弓子は「リカ」を抱いて散歩に行き、近くの木立ちの中に入って人の居ないのを見すまし、ポケットの中に入れてきた小包用の麻紐を何重にも犬の首に捲きつけて絞めた。沈黙を特徴とするシーワワーは最後まで吠えず、かすかな鳴き声を洩らしただけで伸びた。弓子はその小さな犬を木立ちの下の土の中に埋めた。今度は両の指はしびれなかった。

夫が帰宅したとき、弓子は散歩の折「リカ」を地面に下ろして遊ばせたが、ちょっとの眼油断で見失ったことを詫《わ》びた。

潤二は弓子を叱責《しっせき》し、次に落胆した。

「ねえ、もう犬を飼うのはやめましょう。もし、飼うのだったらシーワワーでなく、ほかの種類にしましょう。でないとリカを思い出しますから」

弓子は夫にやさしく主張した。

しかし、夫は諦《あきら》めずに、どこか近くの家で迷いこんだリカを黙って飼っているのだろうと判断し、二日後には次の要領の謄写版《とうしゃばん》刷りを会社でつくらせてきた。

「(品種) シーワワー。(名前) リカ。(身長) 二十糎《センチ》くらい。(体重) 一・七キロくらい。(特徴) 生後二年。茶褐色の毛、やや薄し。眼はうすい茶褐色。尾は少し捲いてちょっと背にふれる。——右の犬は×月×日散歩の途中で行方不明になりました。左記に御持参または所在御一報の方には相当なお礼をさし上げます」

そのビラはこの地区に配達される新聞の折込広告となった。

——所轄《しょかつ》警察署に次の匿名《とくめい》の投書があったのは、その折広チラシが撒《ま》かれてから四日目だった。

「同封のチラシ広告を読みましたが、小沢さんのその犬は行方不明になったという×月×日に、小沢さんの奥さん自身が近くの木立ちの中で絞め殺して地の下に埋めています。小生は、偶然、近くの家の二階の窓の障子の間から木立ちを眺めていましたからよく奥さんの動作が分りました。おそらく御主人は何も知らないであの捜索チラシを出されたと思います。私は犬が好きで奥さんの残忍な行動に憤慨しましたが、直接小沢さんに知らせると家庭のトラブルが起りそうなのでさし控えていました。しかし、チラシを見て、また腹が立ちましたので、警察までちょっとお知らせしておきます。

一愛犬家生」

所轄署の庶務主任はこの投書をクズ籠に捨てるつもりだったが、思い直して一応捜査課に回した。本来ならボツになるべき投書だし、たとえとりあげられても婦人少年係のほうに回すべき性質のものだったが、何気なく場違いの捜査課の机の上に置いた。

愛犬家の投書を捜査課の一係長が読んだ。彼はいまだに未解決となっている楡館の管理人細井ヨシ子の殺害事件を思い出した。あのときも、シーワワーという鼠に似た小さな飼犬が主人と同じように部屋で絞められていたっけ。……

今度の飼犬殺しと、あの事件とは関係があるだろうか。それともただの偶然の暗合だろうか。――係長は課長に相談した。迷宮入りにさせた不手際《ふてぎわ》に屈辱を感じていた捜査課長は、この際ひっかかりそうなものは何でも洗えという心境で小沢弓子の身辺を調査しはじめた。警察もいわば藁《わら》をもつかむ気持からだった。

《弓子は数ヵ月前まで銀座のバアで働いていて、現在の夫とは恋愛結婚である。夫は二年前に死んだ父の会社を兄とともにうけついで、専務と東京支店長とを兼ねている。問題の犬は楡館の近くにいる会社の取引先関係の者が、細井ヨシ子のシーワワー犬の仔を買ったものである。弓子は、リカと名づけたその貰《もら》い犬を夫とともに非常に可愛がっていた》

以上のことが聞込みで上《あが》ってきた。それだけでは何でもない。

そこで、マンションの管理人がシーワワーのような高価な犬を持つのが変だというので、その入手経路についてヨシ子の夫が呼び出されて訊《き》かれた。本当は、これはヨシ子が殺された事件の捜査の際にやらなければならないことだが、そのときは警察は犬の珍しい意味までは気づかず、ただ、犯人が自分をよく知っている犬まで道連れにしたのだろう、と簡単に考えて見過していた。

元管理人の夫は、それは女房が二年前に×号室の生方恒子からもらったのだと訊問《じんもん》に答えた。その恒子のいた部屋が弓子夫婦のいる同じ室なので警察は興味を起した。

生方恒子は何者かときくと、犬をくれて二日目に自殺したと亭主は云った。それは好きな男のあと追い心中のようなものだが、当時、女房がそれを云い立てても警察で信用してもらえなかった、という。所轄署では、なるほど、そういうこともあった、と思い出した。

生方恒子が好きな男はだれだったかと訊くと、大阪の会社社長で小沢という六十すぎの人で、愛人の恒子のところに月に一、二度来ていたようだが、詳しいことは殺された女房が知っていて、自分はあまりよく分らない、と亭主は云った。

同じ姓なので警察でも潤二夫婦には当らずに、大阪の会社社長の「小沢」をさがした。それはすぐに分って小沢誠之助だった。月に二度ないし三度くらい上京していたし、年齢も人相も死亡時期も合致する。が、家族は恒子との関係を知らない。潤二はその次男である。

当時の東京出張所にいた運転手が四国に居ることが分り、捜査員が二名現地に飛んだ。かなり詳しいことが分った。

その報告にもとづいて、細井ヨシ子の亭主をもう一度呼び出し、恒子のところに泊りに来ていた女性の名は何というのかと訊いた。

「わたしは直接には遇《あ》ったことがありませんが、銀座のバアにつとめている女で、死んだ女房は弓子さんと云っていました。なんでも洋裁を内職にしているとかで、女房もワンピースを二、三枚つくってもらったことがあります」

捜査課の一係長の頭に閃《ひらめ》きが起った。細井ヨシ子は箪笥《たんす》の左側の抽出《ひきだ》しに向って絞殺されていたではないか。そこには、二年と少し前に「このマンションの恒子の部屋によく来る弓子という女」にこしらえてもらったワンピースが三枚しまわれていた。その晩、あの部屋に来た客は弓子だろう。だから座布団《ざぶとん》が二枚と湯呑《ゆのみ》が二個出ていた。弓子は洋服をつくってやるといって、前のワンピースを参考にヨシ子にとり出させようとしたときに襲いかかったのだ。——

弓子が、このマンションが全く初めてのように云っていたことも、移る前の下見にすぐ行こうとしなかったことも、こっそり会社に訪ねて行った捜査員に夫の潤二の口から答えられた。彼女が細井ヨシ子を殺害した動機が警察にはほぼ推定できた。弓子が同性の恒子のところになぜ頻繁《ひんぱん》に泊りに行っていたか、その理由には近ごろの雑誌小説にその種のものが多いことからも見当がつく。二人の「猥褻《わいせつ》な」（警察用語）関係をよく知っているヨシ子が結婚の幸福の妨げとなっていたという推測に警察は到達した。

弓子が勤めていたバアの友だちのところへ捜査員は出向いた。細井ヨシ子の絞殺事件にはふれずに、その事件の起った直後、弓子に何か変った様子は見えなかったかと訊くと、友だちは、そういえば、両ほうの指がかじかんでいるようでよく伸びないからといって、屈伸練習をしていた、と述べた。

紐《ひも》でヨシ子を力いっぱい絞めたからだろう、というのが久しぶりに開いた捜査会議での有力な意見だった。夫がもらってきたシーワワー犬を土に埋めたのも、その母犬に当るヨシ子の犬を殺した記憶の抹殺にあったのだろう。

では、絞殺に用いた紐は何だろうという論議になったとき、団地の洋裁を内職にしている女房をもつ中年の刑事が云った。

「そりゃ、洋服の寸法をはかる巻尺じゃないかな。洋裁をする弓子はそれをポケットに入れていただろうね。ぼくは、いつも女房の使う巻尺を見るたびに、こんな強い紐《テープ》なら人の首は立派に絞められると思っていたよ。絞めたあと、凶器の紐はパチンとまるい金具の中に入ってしまうし、処理にはまことに便利だからね」

弓子の身辺に捜査が近づいた。

水の肌

一

企業から頼まれた興信所や私立探偵社の個人身許《みもと》調査報告書は、女遊びとか金使いが荒いとかいう素行内偵調査とは違って、およそ内容の面白くないものである。企業が依頼する調査の対象は、個人の場合だと、経営側にとって好ましくない社員だとか、入社を予定している新人に行われることが多い。後者の場合は依頼の目的がはっきりしているけれど、そのほかは依頼主が目的を明瞭《めいりよう》に示さず、ただ調査だけを依嘱《いしよく》することがある。調査側に余計な先入観を与えないで、客観的な資料を得たいからであろう。

調査報告書も、その通りに無味乾燥な字句で綴《つづ》られる。もっとも浮気の調査報告でも「×日午後×時××分頃、××××殿は××駅前で×××子殿と落合い、タクシーで×町の温泉旅館××荘に入る。×時××分に至るも両人は出てくる様子がなく、調査員は本日の張込みを解く」といった式の文句だ。これは対象が情事なので乾いた字句がかえって豊富な想像力をつくりあげるが、平凡な人間の素行調査報告書となると、その極《きま》り型の文章があくびが出るほど退屈である。

笠井平太郎はそういう面白くない調査報告書に載っている男であった。そもそもA興信所が某電機産業から笠井平太郎について調査を依頼されたときの要点は次のようなことだった。

(1)当社は被調査人を注目しているが、その人柄が不明。(2)被調査人は現在S県下にあるD自動車産業株式会社に勤務しているが、本人が現在の職場に満足しているかどうか。(3)他社から引き抜きの勧誘の声がかけられているかどうか。(4)条件次第では他社に動くような人物かどうか。(5)経歴、家族内容、友人関係等。

——これをみただけでも、依頼主の某電機産業が笠井平太郎を「注目している」のは、引抜きの意志があることが分る。つまり調査の目的は間接的に知らされているのである。

笠井平太郎という男がどんな経歴をもち、どのような性格かは、調査員が現地で一週間以上かかって情報を蒐集《しゅうしゅう》し、依頼主に提出した調査報告書を読むと了解できる。それは一個の人間描写である。淡々とした字句で項目別に綴り、余分な飾り文句がないから、ふしぎに写実性が出ている。

だが、写実性というものはもともと興趣の少ないもので、第一、笠井平太郎が面白くない男、それを叙述する報告書のスタイルが乾燥しているから、彼の人物を紹介するのに文章そのままを引用できない。しかし、伝統のある興信所の調査だから内容は信用していいのだ。

笠井平太郎は満三十五歳（この調査時）である。羅列式の学歴をみると、東京某大学理学部数学科卒業、同大学理学部大学院入学、同大学院退学、同大学工学部精密工学科三年編入学で、二十七歳のとき同学部を卒業した。学業成績は非常に優れていた。卒業した年に東京都内にあるM光学工業株式会社に入社した。カメラ工業の一流会社である。

残念なことに調査報告書には笠井平太郎の大学時代の動静が記載されていない。調査員は学校側のいう「学業優秀」で満足し、同級生などについていちいち当ることをしなかったのであろう。その代りM光学時代のことはかなり調べている。

入社当時の笠井平太郎は、新人らしい意欲と闘志があった。彼は学内推薦により同社の募集に応じた一人だった。入社する前年の夏休みには同社の実習を受けている。その工場は中部地方の澄明《ちょうめい》な空気の高原にあった。この実習で彼はレンズ設計に興味を持ち、本格的に入社を決意したようである。卒業論文にも実習の体験を生かして「レンズの設計及び測定」をテーマにした。

入社した笠井平太郎はすぐに技術部光学課の研究部門に所属し、レンズ設計を担当した。彼は色白の、というより蒼白《あおじろ》い顔の長身であった。神経質なくらいきれいに分けた髪と、面長な顔にかかった黒縁の眼鏡は、その少し隆《たか》すぎるくらいの鼻や、うすい唇とともに知的な印象で、撫《な》で肩がそれにやさしさを加え、申分のない青年技師にみえた。工場で働く女子工員たちは男子工員よりも数が多かったから、遠慮のない秋波や弥次《やじ》を彼に送ったが、なかには実際に彼を恋い慕った女も少なくなかった。高原と湖の間にはさまれた盆地の町には、どこか紡績工場時代の暗い乙女の情熱が伝わっていた。だが、笠井平太郎はそのような誘惑には見むきもしなかった。

ところで、彼が入社した当時、M光学ではそのころまだ試みられなかったコンピューターを導入していた。これはリレー式電算機で、現在からみるとまことに初歩的なものである。だが、彼はこれを使って製作のプログラムをつくり、技術を推進した。同社では二人制をとっていたから、彼のほか実習にはもう一人の同僚がいた。彼らはレンズ設計の技術開発をほぼ六ヵ月ほど早めたので、その能力は会社側に認められた。

三ヵ月の社員試用期間が過ぎたとき、M光学では笠井平太郎に同社の印象などについて感想文を書かせた。そのとき彼は次のような意味のことを記した。

《自分の大学からは、自分ともう一人の卒業生Aが昨年夏の実習に参加した。AはB

光学に応募したが、同社の面接の際、係員は実習を受けたM光学の実習内容と印象とを根掘り葉掘り訊《き》いた。Aは曖昧《あいまい》に答えたというが、レンズ設計とは光学工業会社にとって最も秘密を要する部署のはずである。従って学生の入社前の実習は危険ではなかろうか》

これは会社側にとって適切な忠告であった。また、彼はこうも書いた。

《普通に大学を卒業した者と、自分のようにさらに大学院で二年間研鑽《けんさん》を積んだ所謂《いわゆる》マスターコースやドクターコースと同等のキャリアをもつ者とが、待遇の上で格別の差違がないのは不合理といわざるをえない。また本社のある東京で勤務する者と、工場のある田舎で働く技術者との地域的な格差による手当の配慮もなされていない。これは不公平である。アメリカなどでは入社社員の学業修得には甚大《じんだい》な配慮がなされている。当社の待遇はあきらかに学業を軽視している。レンズの製作が在来の職人的カンにたよる時代はとうにすぎ去っている。いまや精密なるレンズの設計、測定が精密な頭脳と器械によってのみ生産されるとき、技術者に対する賃金体系が依然として職人と同一視されているのは不合理である》

会社にとって首肯《しゅこう》に値する批判であったが、首脳部が当惑したのは、彼が入社してわずか四ヵ月目という、いわばまだ卵のような存在だったことである。しかもその文章は歯に衣《きぬ》をきせず、かなり痛烈な字句だった。

だが、会社側は笠井平太郎の有望性を買っていたし、大学を出て間もない世間知らずの青年のことゆえ血気に逸《はや》っての文章だと考え、そのうち圭角《かど》がとれるものと期待していた。

しかし、笠井平太郎は、このように文書で待遇の不満を上層部に訴えるだけでなく、同僚にもさかんに述べていた。その声は当然間接的に人事課や幹部たちの耳にも達した。いっしょに入社した技術関係の社員の中では、彼だけが公然と不平を唱えていて、他《ほか》の者はみんなおとなしかったから、よけいに彼は目立った。

彼と出身大学は違うが、同じような学歴で同時に入社し、また同じ部署に配置されていた者に水間隆吉がいる。水間はおとなしい性格だった。彼は笠井平太郎の唱える待遇上の不満には同意したが、自分からいっしょになってそれを他に云《い》いふらすというようなことはなかった。一つは水間隆吉が笠井平太郎に多少の劣等感をもっていたからだと思われる。水間は背の低い、角張った顔の男で、笠井のスマートな格好からすると、二段にも三段にも見劣りがした。それに別の大学だが大学院の成績もあきらかに笠井には及ばなかったし、入社してからの技術の面も彼に劣っていた。げんに会社での水間の序列は笠井の次になっていた。したがって、彼には成績の優秀な笠井と同列には不平が云えないといった心情があったようである。笠井の主張には消極的に賛成するが、自ら積極的に声にして云うことはなかった。

笠井平太郎も、水間がすすんで自分に与《くみ》し、ともに不平を唱える行為に出ないことをかくべつ意に介してなかった。他人の動向には無関心で、ただ自分だけの利害的な意識にたてこもっているという笠井の性格は、もうこのころから現われている。

ところで笠井の不平は同社の幹部の耳に達してはいたが、入社して僅《わず》かの間に本人ひとりだけを特別に待遇するわけにはゆかなかった。それに、当時はカメラ業界がまだ不況の底にあって全般に給料は低かったのである。で、笠井の不満は二年間の在社中、ずっとつづけられてきたのだった。

当時、会社の独身寮住いだった笠井平太郎は、とくべつに道楽というものはなかった。ただ、東京の輸入書籍店に注文してアメリカの技術書や技術専門雑誌をよく読んでいたが、それは光学工業に関するものよりもコンピューター関係のものが多かった。このころから笠井平太郎は不況の光学工業界に失望して転職を考えていたようである。

笠井はそんなふうに勉強家で、周囲の者が麻雀《マージャン》とか囲碁、将棋とか、登山とかゴルフなどに耽《ふけ》っているのを軽蔑《けいべつ》していた。彼によると、それはまったく時間の空費だという非難だった。

それで笠井は、水間隆吉が休みの日によく釣りに出かけていることにも同様の忠告をした。水間はこの工場に来て以前からの釣り好きが昂《こう》じていた。この地方は大きな湖もあるし、小さな山湖もある。高い山岳が重畳《ちようじよう》としているので、渓流が多い。休みの日、水間は沢上りしてヤマメをうんと釣ってくる。彼は魚籠《びく》いっぱいに獲物《えもの》を入れて寮に戻るが、そこで横文字の専門雑誌などをひろげている笠井を見ると、顔を赧《あか》らめてテレ臭そうに笑うのだった。水間には、この魚釣りの道楽がやめられなかったので、それだけでも笠井平太郎に水をあけられたと思ったにちがいない。

笠井平太郎は入社二年にして、幹部の説得をふり切って退職した。彼は光学工業の不況に前途の希望を失《な》くしたのだが、あとから考えると、これは彼のあきらかな誤算であった。その一年後に業界に活況が起りはじめ、やがて空前のブームを迎えたのである。

水間隆吉にもそうした業界の見通しはできなかったが、優秀な同僚の退社を惜しんでひきとめた。もちろんそんなことで笠井が翻意《ほんい》するはずはなかった。このとき水間が笠井の身のふり方をきくと、自動車産業に転職するつもりだと洩《も》らした。これからは自動車産業もコンピューターをフルに利用する時代になるので、自分の技術を活《い》かしたいと告げた。その口吻《くちぶり》からすると、退社以前から新しい就職先に連絡をつけていたようであった。

笠井は不景気なM光学にへばりつく水間の甲斐性《かいしょう》なしをどこか軽蔑した眼で眺め、うつくしい湖と高い山岳に囲まれた盆地の町を去って行った。

二

――興信所の笠井平太郎に対する調査報告書は、彼がS県下のD自動車産業株式会社に入社し、二年後には同社計算課コンピューター係長になり、それより三年後には同計算課課長に昇進したことを記載している。

笠井平太郎のコンピューターに関する知識は群を抜いていた。これはD自動車産業でも認めていて、昇進が順調だったこともそのためだった。

だが、笠井の性格はM光学にいたときと少しも変らなかった。彼はしばしば「合理・不合理」という言葉を用いた。彼のあらゆるものへの価値判断の区別用語が「合理」か「不合理」の二つだった。そのものさしはアメリカ的な科学性であった。同僚や部下に対しては、たとえばこんなことをいった。

《君たちは、なぜ麻雀なんかに熱中するのだ。あんな人間滅亡的な遊びはない。少しも知的な前進性がない。まったく非健康だ。夜更《よふ》かしをするから疲労する。疲労すれば翌日の職務に影響する。上役や家族や知人に不信感を起させる。どれをとってみても利益はないじゃないか。第一、時間の浪費だ。アメリカでは何よりも時間を大事にする》

その通りに違いないが、云い方がまったくもって理屈っぽかった。笠井平太郎によると理論が第一で、人情も理論の目盛りで測らねば気が済まなかった。コンピューターを見つめるのと同じである。彼は、何事にも具体的な理論が優先するという考え方を決して変えず、理論を具現化した行動をひどく尊重した。

笠井平太郎は何かというと《日本では》《日本人は》という言葉を軽蔑的に口にした。これは《アメリカでは》《アメリカ人は》という言葉と対照比較して使用された。コンピューターの技術者だし、英語に強い男だから、この言葉は付け焼刃でなく聞かれたが、話の内容となると、どれにも別に斬新《ざんしん》とか特異といったものはなかった。だが、論理はたとえ平凡でも整然としていたから聞きとり易《やす》かった。もっとも説得力は乏しく、迫力はなかった。

しかし、自説にはなかなか強情で、自分がいったん主張した理論はたやすく撤回せず、どこまでも頑張った。聞くほうは途中で面倒臭くなって彼の意見に心ならずも妥協するが、これが会社の方針とか指示とかになるとそうはゆかない。間に立って会社の方針に従わせようと説く者は、彼の抵抗に会って苦しんだ。

《それは合理的ではない。心情的には分るが、心情的というのは日本独特のもので、ときとして不合理を仮装するものだ。アメリカでは決してそんな不合理なことを押しつけはしない。従業員も理論の上で矛盾のある方針には徹底的に上と討論するからだ。下部が長いものには巻かれろ式の追随では、その社の事業は決して発展するものではない》

と彼から批判される。

会社にとって笠井平太郎はやりにくい存在だった。対人関係もそうである。なにかと理屈が多いので彼と交際をはじめても窮屈になって身を退《ひ》く。彼は去る者をひきとめようとはしない。去り行く者を追うのは合理的でないのだ。彼は、人にご馳走《ちそう》してもらうことを好まなかった代り、同僚や部下に奢《おご》ることもなかった。理由のないことがらは一切排除した。彼と私的に交際をもつ者はほとんどいなかったが、彼はべつに孤独とも寂しいとも思わなかった。理論上、そういう感情を持つのはおかしいのである。

外見上、彼は孤立状態だったが、もともと彼は他人の領分を侵すことを好まず、自分の垣の中にも人を入れようとしない性質《たち》だった。といって、彼が何か芳《かんば》しからぬ言動をして周囲の雰囲気《ふんいき》を乱すというのでもない。つくられた平和の攪乱者《かくらんしゃ》ではないが、積極的に平和を築き上げる努力はしなかった。職場の融和とか協調には全く無関心で、自分は自分、他人は他人という態度だった。とくべつ閉鎖的な性格ではないが、仕事以外の人間関係など不必要だと考えているらしかった。

《その人間が優れていれば、どこかが必ず彼を必要とするものだ。そのときはそれに応じてゆけばいい》と、笠井は部下に語っていたというが、それはとりもなおさず自分のことであった。彼は自己を磨くことに専念したが、それは仕事上の知識を身につけることだった。その意味で、彼は非常な努力家と評されている。

だが、その研鑽の努力は、彼自身のためであって、会社の利益奉仕の故《ゆえ》ではなかった。したがって彼は自己の地位を十分に利用し、会社の設備や備品を駆使して研究し、自分の能力を高めてゆくことに熱心であった。

笠井平太郎はD自動車産業の計算課コンピューター係長になる少し前に結婚した。彼は恋愛結婚などというさまざまな不合理を内蔵する心情主義を好まなかったので、見合結婚を択《えら》んだ。相手の両親はその地方の素封《そほう》家で、地主であった。新妻は房子といって、彼より十歳下であった。地方の女子短大を出たというだけで、とくに才能があるわけではなく、顔も十人なみだった。要するに目立たない女だった。

彼は自己の行き方に自信があったから、妻の両親の社会的地位を問題にしなかった。また妻もとくに目立つ女でなくてよかった。彼は、当座両親から生活費を出してもらうことと、研究費の援助をしてもらうだけで満足した。自分の給料は妻に渡さず、ひとりで使ったが、それが専《もっぱ》ら勉強に必要な本代に費消されたから、妻は不平をこぼさないのみか、彼によろこんで協力した。

それにしても、笠井平太郎が結婚したことは、彼を知るものにとって異変であった。人と交際せず、あるいは交際の出来ない彼が人間関係の中でもっとも煩瑣《はんさ》な、結婚に踏み切ったのは意外であった。

例の変った性格から、その結婚生活がいつまでつづくだろうかと危惧《きぐ》された、あるいは好奇心的な期待をもたれたのに、あとで出るような結果になるまで、破綻《はたん》は見えず、その徴候もなかった。といっても、彼が妻の房子を愛していたからではない。彼は妻に対しても他の人間同様、ほとんど無関心に近い淡々とした感情をもっていた。そのような平凡さが案外結婚生活をうまく運ばせたのかもしれない。

笠井平太郎は妻に情熱を持たなかったと同様に、他のどんな女にも興味を示さなかった。もっともほかの人たちと飲みに行くということもないのだから、興味を抱く女に出遇《であ》う機会がなかったといえばいえる。
同様に他人と話しても冷静だった。ときたま議論が高まって論争になっても、彼は決して感情を昂《たかぶ》らせるようなことはなく、蒼白《あおじろ》い顔もそのままだった。これも上役にとって扱いにくい存在だった。
《神経質な顔だちで、頑健には見えないが、わりあいと丈夫なほうで、健康管理には注意していた》
と、興信所の笠井平太郎に関する調査報告書は記載している。
《私的に親しく交際している者が見当らないため、素行上のことは明確でないが、とくに悪評は聞かれない。いつも忙しそうにしていて、一般のサラリーマンのように適当に余暇を利用する型ではない。夫人の房子殿との間に未《いま》だ子はないが、休みの日、夫婦で中型の自家用車に乗って近郊に遊びに出かけることもない。当人はいつも書斎に引きこみがちである。ゴルフの趣味もない》
《M光学工業株式会社のときも、D自動車産業株式会社のときも労働組合の執行委員に選挙されたことがあったが、組合活動にはまったくといっていいほど興味を持たず、何もしなかった。D自動車産業でも例の待遇上の不満は口にしていたが、それは個人的に声にするだけで、執行部の議題にするようなことはしなかった。人との争いを好まず、自己と関《かか》わりある面倒が生じるのを避けていたようである。卑俗的な云い方をすれば、自分ひとりがよかったらそれでいいわけで、仲間意識は全然見られず、利己主義に徹していたように思われる》

《D自動車産業の某中堅幹部の言によると、笠井平太郎殿が課長となっていた計算課は、経営管理、生産工程、技術促進の電機計算と、それに関連するプランの作成をしていたが、電子計算機の理論については知識が豊富だったが、プランナーとしては水準以下だったといっている。それによると、設備された機械をフルに活用するためのデータ・プランが拙劣で、コンピューターを通しての本当の仕事はできない人だという。そしてこの傾向は当人が入社して三年ぐらいで現われたと、その中堅幹部は云っている》

《笠井平太郎殿は計算課長になり、約四十名の部下を持つことになったが、かんじんの人事管理や、職分の掌握《しょうあく》が出来なかった。不得手というのではなく、当人がまったくそれに関心を持っていないからである。当人は管理職としての義務すら怠るように、自らは部下の統制には一切手を出さなかった。しかも当人自身の会社に対する不平不満は強く、それを常に部下に洩らすので、人事部では部下の口からそれを聞くといった状態だった。会社としては笠井平太郎殿を計算課長にした人事上の失点を認めはし

たが、といって早急に配置転換はさせられず、実のところ頭を痛めていたと云ってい
る》

調査報告書はこのようにいったあと、最後に記載している。

《笠井平太郎殿は今より二ヵ月前に、突然、一身上の都合によりという退職届を会社に提出した。当人は、しばらくアメリカに行ってコンピューターの研究をしたいといっていた。しかし、それがあまりに唐突で、計算課員のなかには人事部からそれを知らされてはじめて彼の退社を知ったという者すらある。そのようなことで、あるいは他社に引抜かれたのではないかという噂《うわさ》が立ったが、会社側の調査ではそのような事実はなく、実際にアメリカに行ったことが外務省の旅券課や航空会社を調査して分った。その渡米費用についても、あるいは新しいヒモ付会社が出したのではないかとの疑念が持たれたが、その事実は見出《みいだ》されなかった。あるいは当人は二年ばかりアメリカに居て勉強し、帰国してから有力な会社の勧誘を待って入社するか、または私立大学工学部の講師にでもなるのではないかと取沙汰《とりざた》されている。アメリカの滞在費用が房子夫人の実家から全額出ていることは確実である。しかし、現在、笠井平太郎殿がアメリカのどこに寄留し、どこの大学かまたは施設に入って勉強しているかは一切不明である。房子夫人も、夫が渡米してロサンゼルスに到着したという絵はがきが一枚

来ただけだといっている》

この興信所に調査を依頼した某電機産業会社では、笠井平太郎がコンピューターに熟達していると聞いて引抜きを考えたようだが、会社が《注目した》時期には、すでに彼はアメリカに去っていたのだった。

三

興信所は笠井平太郎をアメリカまでは追跡できない。そこで、まったく別な視点から彼のその後の行動を追わなければならない。それが以下のことである。

笠井平太郎のように自己中心主義で、他人とは協調的でなく、無関心な男は、何処《どこ》に行っても孤立的であった。彼は、初めカリフォルニア州立大学の電気工学科の聴講生になって、コンピューターの講義を聞こうと志したのだが、日本で資格試験を受けるのは手続きが面倒だと思っていきなり渡米したのだった。自尊心の強い彼は、その試験に落ちた場合、D自動車会社の連中に知られるのが不名誉だったからである。

彼はロスに着いたが、在留日本人や留学生を訪ねて様子を聞こうとはせず、すぐに日本領事館に向い、聴講生になるための手続きに協力してもらいたいといった。在留民間人よりも領事館に直行するところなど、彼の優越意識が現われている。

そこで手続きを教えられたが、むろん領事館の関与することでないからそれきりだった。アメリカの大学には日本の大学の学業成績表を提示すればいいということだったが、これは彼に自信があった。しかし、聴講生になるには語学の試験がある。笠井は委員が質問する簡単な（先方にとって）英語も聞き取れず、話すこともできなかったので不合格となった。アメリカは彼が考える以上に「合理的」であった。実は飛行機の中でも、ロスの街についたときもアメリカ人の云《い》うことがよく分らず、こっちの話も通じなかった。

そこで初めて日本人留学生でカリフォルニア州立大学の電気工学科に通っているのにつてを求めて会って話してみると、さすがは本場でこっちのコンピューター技術は格段に進んでいた。笠井の知識は時代遅れのものだった。

しかし、自分の弱味を人に見せたがらない彼は、ふん、ふん、と聞いていて、加州大学の程度では自分には十分でないようだから、マサチューセッツ工科大学に行くことにするといって留学生をおどろかせた。この大学のほうが程度が高いという評判である。だが、このときから笠井平太郎はアメリカの大学で聴講生になる考えを放棄しただけでなく、コンピューターに対する知識の自信に大きな動揺を来たしたようだった。

笠井は西から東へ各地を見物して動きニューヨークのホテルに落ちついた。金は二年間の《留学費》として妻の実家から《借りて》きていたから、たっぷりとあった。

この際、ヨーロッパが見たくてイギリス行の客船にニューヨークから乗りこんだ。アメリカにもう一度戻ってくるつもりだったのは、まだコンピューターに対する新知識に未練があったからである。戻りを飛行機にし、往《い》きを汽船にしたのは大西洋を渡りたかったからで、贅沢《ぜいたく》な気分を味わうため一等船客となった。飛行機代よりずっと高い。

この船上の六日間で、笠井平太郎は幸運をつかんだ。香月須恵子という二十七歳の女と恋愛に陥ったのだ。須恵子は美しい女ではなかったが、関西の大きな建築会社の社長の娘だった。彼女もひとり旅だ。

笠井平太郎のような非妥協的な男が、恋愛の発生する前段の、付き合いのよさを発現させるのは奇妙だが、彼がアメリカで挫折《ざせつかん》感を味わい、みじめな気持になっていたことが多分に作用していたと思われる。それでなくては、これまで女性と付き合うのを麻雀《マージャン》と同様に《時間の浪費》(事実その通りでもあるが)と考えていた彼が意志を変更するはずはない。彼がそのときからすでに香月須恵子にある計算ずくで接近したのだという憶測はうがち過ぎであろう。なぜなら、その豪華船の上で彼はまだ彼女が大金持の娘であるとは知らなかったからだ。

香月須恵子のほうはすっかり笠井平太郎にひきつけられてしまった。多少蒼白いけれど知的な顔と、撫《な》で肩の長身な彼のスタイルは、結婚相手の択《よ》り好みのためにオールド・ミスになりかかった彼女の網膜に灼《や》きついた。外国船の事務長《パーサー》は、食事のたびに船客の中で日本人どうしを一つの卓《テーブル》に組合せるようにしたのだが、日本人の一等船客はほかに初老の夫婦がひと組乗っているだけだったから、二人は自然と親しくなった。香月須恵子は欧米の建築の《視察旅行》だったが、もちろん遊びの旅行であった。

笠井平太郎はコンピューターの技術研究にマサチューセッツ工科大学に来ているが、いまは休暇を利用して旅行をたのしんでいると吹聴《ふいちょう》し、しきりとコンピューターの知識を披露した。須恵子は感心して聞いていたが、それが単なる興味からではなく、また自分にない知識への好奇心からでもなく、底に何か思慮がありそうだった。

サウサンプトンに上陸し、ロンドンに二週間滞在し、その間アイルランドのダブリンにも旅行を試みた。二人は同じホテルをとったが部屋は別々であった。が、そのほかの行動はいっしょだった。言葉は須恵子のほうがよく出来たので自然と彼女が彼をリードする側に回ったが、このとき母性愛に似た感情が彼女に起らなかったとはいえない。

《建築の視察》なら北欧の様式を見ておく必要があるというので、二人はロンドンからデンマークのコペンハーゲンに飛んだ。スエーデンの山が見えるせまい海峡に立つ古城を見物した夜、ハムレットのロマンチックな雰囲気が引金の役になったのか、それまで十分に熟していた二人の間が完全に結ばれた。コペンハーゲンでのホテルの第二夜からは、二人は同室をとった。

ストックホルムからアムステルダムに引返し、ハーグの海岸保養地のホテルに泊った晩、二人は結婚を約束した。彼女はすでにロンドンで自分の素姓を明かしていた。帰国したら父親から建築の別会社を創立してもらうことになっているので、彼のコンピューター技術を建築設計にぜひ導入したいといった。結婚すれば、彼は単にコンピューター技師ではなく、妻が社長となる新会社の専務であった。

もちろん二重結婚は許されない。笠井平太郎は詐欺《さぎ》漢ではなかった。それに、まさかこんな成行になるとは思わなかったので、大西洋の船上で自分には妻があるとしゃべってしまっていた。彼はあらためて現在の妻と離婚すると須恵子に明言した。

《奥さまがご承知なさるかしら？》

と、香月須恵子は気遣わしげに訊《き》いた。
《承知すると思うけど》
《どうして？　奥さまに落度はないんですもの。協議離婚に奥さまが判をお捺《お》しにならなかったら、わたしたちは永久に結婚はできないわ。そういう実例はいっぱいあるんですもの》
《ぼくは妻を愛していない。日本を出てから、ロサンゼルスから絵はがきを一枚出しただけです。だから……》
だから、房子が協議離婚を承知するとは限らなかった。いや、房子は別れないだろう。実家の金で外国に行き、その行先で出来た女と結婚するからといえば、意地になって離婚の書類の捺印《なついん》を拒絶するにちがいなかった。房子はおとなしい女だが、内面には強い芯《しん》をもっている。それに彼女は、一風変った性質の夫だが、彼を愛していた。
厄介な話だが、笠井平太郎は香月須恵子との結婚を望んでいた。彼の自負心はアメリカに渡って破壊され、前途の希望を失いかけていた折なので、関西の資産家の娘といっしょになって建築会社の専務になるのは願ってもない人生の好機だった。
房子を何とか説得する工夫はないだろうか。穏便に、平和裡《り》にである。が、どう考えてもその見込みはなさそうだった。得意の「合理性」の理論はこの場合通じない。

それをいうなら「非合理性」は完全に彼の側にあった。《アメリカでは》もさらに通じない。アメリカでは妻の不承諾がつづく限り、他の女との同棲《どうせい》は犯罪なみである。たとえ離婚に成功しても莫大《ばくだい》な慰謝料を払わなければならない。こうした男たちに《死んだ馬《デッド・ホース》》というあだ名があるくらいである。

それに笠井平太郎は、面倒な揉《も》めごとが起るのを好まない性質《たち》だった。M光学やD自動車産業で、議論になっても昂奮《こうふん》しなかったのは、トラブルを避けたかったからである。職場のことでさえそうである。離婚の強行や、一方的な他の女との同棲によって惹《ひ》き起される世間的な騒ぎを彼はおそれた。

しかし、この好機を彼は諦《あきら》めることはできなかった。笠井平太郎のように優越意識の強い男は、以前の職場にいた仲間よりも上位に居なければ承知できなかった。彼らより劣った地位や境遇になるのは我慢できなかった。すでにM光学時代に彼の次位にいた水間隆吉はレンズ設計部の部長になっていた。なにもかも彼より劣っていた水間隆吉が、光学工業では最も重要な地位のレンズ設計部長でいる。笠井平太郎があのままM光学に残っていたら、当然、その地位は彼のものだったのだ。しかも、水間よりはもっと早くそのポジションに到達していただろう。

いまから日本に帰っても新規入社で、とうていそこまでの地位は得られそうになかった。それに、笠井はアメリカの経験で、日本も今はコンピューターの技術が進歩していて、自分の知識もすでに時代遅れになっているように思われた。日本に居る間はそんなことは夢にも想《おも》わなかったが、アメリカに来て見聞したばかりに現状に愕然《がくぜん》となったのだ。自負心の破摧《はさい》は恐怖心に変っていた。現状の日本のコンピューター界までが怕《こわ》くなって、衝撃からノイローゼをひき起している。

これが建築設計のコンピューターとなるとたいしたことはない。光学工業や自動車産業ほどには高度な精密さを要しないのである。笠井平太郎は、自分の知識や技術で十分だし、まだまだ他の者よりは進んでいると思った。それで自分の技術の面でも、また旧《ふる》い仲間より上位の地位を獲得することでも、香月須恵子とは何としてでも結婚したかった。

このとき、彼には須恵子の《だって、奥さまには落度がないんですもの》という言葉が耳に蘇《よみがえ》ってきた。

（そうだ、妻に落度があったら、離婚の理由は成立する……）

四

笠井平太郎は二、三日考えた末に香月須恵子にいった。

《あなたと結婚するが、妻が離婚に応じない限り、正式な結婚は出来ない。といって妻は簡単に離婚には応じないだろう。なにしろ、妻の実家はぼくに期待をかけてこれまで多額の金を出しているし、妻はぼくにしがみついている。無理に離婚しようとしたら、妻はぼくを殺して自殺するというかもしれない。教養のない女だから怕いのだ》

《まあ、どうしたらいいの？》

須恵子は蒼《あお》くなってきいた。彼女はもう笠井とは絶対に別れられなくなっていた。

《そういう騒動が起るのは、ぼくはイヤだな》

《わたしも困るわ。奥さまの気持は分るけれど》

《そこでね、ぼくは日本に帰ってあなたといっしょに暮す。もちろん女房には黙って。帰国したことも秘密にしておく》

《そうしたら、どうなるの？》

《女房は、はじめ騒ぐだろうけど、三年か四年経《た》てばぼくのことは諦めるよ》
《そう簡単に?》
《女房はまだ女ざかりだ。ぼくに捨てられたと知ったら、ぼくの戸籍を抜いてほかの男と結婚するよ。家庭裁判所も女房の離婚申立の理由を認めるにちがいない》
《そううまくゆくかしら。奥さまがそんなにあなたを愛してるのだったら、十年でも二十年でも帰りを待ってらっしゃるかもしれないわ》
《そんなことは絶対にない。アメリカに行ったまま、絵はがき一枚出したきりで何年間も音沙汰ないとなると、憤《おこ》るよりも呆《あき》れて再婚するよ。それにね、女房も女ざかりだからどこまで独りでいられるか分ったものじゃないよ》
《………》
《そのうち恋愛するだろう。いや、恋愛というほどでなくとも、浮気はするだろう。なにしろあてにならない夫の帰りをひとりで何年間も待っている人妻というのは男の心を唆《そそ》るものだからね。そうしたら、しめたものだ。落度は女房にある。離婚の理由は確実に成立するよ。夫の留守に不貞を働いたんだもの、申訳が立たない話だ》
《あなただって何年間も消息を伝えなかったというミスがあるわ》
《それは家庭裁判所に持出しての言分だな。そりゃ、ぼくも失点はあるが、それだからといって妻の情事を許せる理由にはならない。
要するにお互いに愛情がないということだね、それだけで十分にトラブルなしに別れられる。子供が居ないのが幸いだった。しかしね、家庭裁判所に出すまでもなく、妻に恋愛が起れば、ほかの男と結婚するか、同棲するかするに違いないよ。まあ、三年だな、三年ぐらい経てばきっとそうなる》

《その間、わたしたちも結婚できないわけね?》

《正式な結婚ではないが、事実上、結婚しているわけさ。挙式の披露が出来ないのは君に気の毒だけど》

笠井平太郎は寂しそうな顔をしている香月須恵子をじっと見つめた。気に入らなければ、このまま二人は別れてもいいという決心を彼はその瞳《ひとみ》にあらわした。

《いいわ。あなたの云う通りにするわ。だって、わたしはあなたから離れられなくなってるんだもの。あなたにはすっかり弱い女になったわ》

笠井が須恵子の手をとると、彼女は身を震わせて彼に抱きついた。

二人はこっそりと帰国した。笠井平太郎が日本を出てから三ヵ月目だった。羽田からすぐ大阪に行った。須恵子は両親と実兄にありのままを話し、三年ぐらい経ったら必ず正式に結婚することになるから自分たちの間を認めてほしいといった。そして笠井平太郎はコンピューターの知識が豊富だから、建築技術に素晴らしい進歩をもたらすだろうといった。彼女は両親に別個の建築会社を持たせてもらう約束だったので、新会社には自分が社長になり、笠井を私設技術顧問にしたいといった。これは役員にすると法的な届出が必要なので、正式に結婚するまで公式には存在を秘匿《ひとく》するためだった。両親、とくに父親はひとりしかいない娘を溺愛《できあい》していたから、彼女の云う通りになった。母親は、笠井平太郎のことは《出来たことは仕方がない》と諦め、むしろ娘が幸福になるように願った。実兄は人のいい性質で、自分は親ゆずりの大きな建築会社と財産をもらうため、妹には遺産分けのつもりで新たな建築会社の設立を承知した。

——こうして、香月須恵子は大阪で建売住宅の新会社を設立した。彼女がその社長となり、役員には父親や実兄や、父親のコネから財界人を迎えたが、笠井は表面には名前を出さず、計画通り、私設技術顧問となった。もちろん二人は郊外にお手のものの瀟洒《しょうしゃ》な住宅を建てて、外見的には夫婦だが、法的には意味のない同居生活に入った。

それから二年経った。社業は順調に発展した。本社は大阪だが、建売住宅の建設地は地方を主とした。これが当ったのである。香月須恵子は笠井にはまったく甘い女だったが、経営にはおどろくべき手腕と才能があった。笠井平太郎のコンピューター知識がこの会社の建築方法にすぐれた技術導入になったことも、繁栄の原因として見のがせない。その詳細は割愛するが、別の結果からいうと、笠井が専務などにならなくてよかったのだ。彼に人事管理の才能がないことはこれまで見てきた通りである。また他との交渉面に携わらなかったことも幸いだった。彼のように社交下手な、理屈っぽいことをいう男は引込んでいたほうがいい。ひとりでコンピューターの知識を建築技術に寄与したほうが、はるかに会社のためになった。

この二年間、笠井は東京で彼の帰りを待っている妻の房子の様子に絶えず気をつけていた。そして須恵子の名前で、東京の私立探偵社に依頼し、調査報告を送らせていた。それによると、房子は夫の消息不明に気を揉《も》んで手を尽して調べ、どうやら帰国したらしいことが分って、まだ以前の家にひとりで待っているということだった。その二年の間、房子に浮いた噂《うわさ》があるという報告は探偵社からこなかった。

《あと一年が勝負だな。一年したら変化が起るかもしれないよ》

笠井は須恵子にいった。

《調査報告を毎月送らせるのは金がかかって仕方がない。次は半年後に依頼しよう。何か起ったのなら、半年後にかためて調査させても同じことだからね》

笠井は《合理主義》の上からいった。さすがにもう《アメリカでは》という口癖はなくなっていたが。

五

毎月の調査報告をやめて、半年に一回としたのが結果的に悪かったのかもしれない。推測のほかけないが、これは依頼主に責任のないことで、私立探偵社の怠慢であった。推測のほかけないが、同じ対象で毎月の調査を六ヵ月目に一回としたのが探偵社にケチだとみられていい加減にされたのか、それともあまり優秀でない係員に代ったのか、とにかく半年後に届いた調査報告では、房子は依然として空閨《くうけい》を守っていて変化はないということだった。生活費はむろん実家から出ているにきまっていた。

それからさらに三ヵ月経って、一枚の住宅建築の設計注文書が笠井の手もとに回ってきた。社では先年、石川県の海岸に近い或《あ》る都市に三十戸ばかりの建売住宅を建てたが、それは各戸ともデザインの違ったものだった。たいそう好評ですぐ全部売切れたが、それを見た人が、そこに八十坪ばかりの土地を買ったのでぜひ設計も建築もしてくれというのである。依頼者の希望では、それは純和風で、池のある庭園が欲しいというのだった。前の建売にそういう家があったのである。

笠井がその注文書を見ると、依頼主が水間隆吉・房子の夫婦名になっていた。

水間隆吉といえば、M光学でいっしょだった男ではないか。その後、レンズ設計部長になったと聞いていたが、まったく十年ぶりくらいに見る名前だった。間違いはない、住所は東京になっているが、勤務先がM光学となっている。注文の要領書によると、M光学が今度石川県のその都市の近くに新しい工場をつくるので、その工場の技術部長として赴任する。そこで半永住のために一戸を持ちたいとある。

笠井は、水間隆吉と連名になっている《房子》に注目した。妻だろうが、はっきりそう書いていない。それに赴任先に一戸を建てるというのは《新居》を意味しないか。結婚したとすればごく最近のことかもしれない。

笠井は思うところがあって須恵子には知らさずに、自分のと房子の実家の戸籍謄本《とうほん》をそれぞれ手紙で請求した。手数料を同封し、こっちは架空名にした上、郵便局止めに指定した。

五日ばかりして役所からの封筒が郵便局にきていた。笠井が三文判でそれを受取り、中の謄本を見ると、房子は六ヵ月前に籍を抜いていた。彼女が家庭裁判所に持ちこんだのだ。彼がアメリカに行くといって出てからまる三年経っていた。彼女の実家の謄本には、はっきりと笠井平太郎と離婚、水間隆吉と結婚と記録されていた。

どのようなきっかけで水間隆吉と房子が知り合って、結ばれたのだろうか。偶然は世の中にいっぱい満ちているから、それほどおどろくに当らないと笠井は思った。山に囲まれた盆地の工場から本社詰となって東京に出てきた水間隆吉が、何かの機会で同じ東京にいる房子を識《し》ったとしても驚天動地的なふしぎさではない。年齢からして水間隆吉も多分再婚に違いなかった。女ざかりの房子が水間に溺《おぼ》れてゆく過程が眼に見えるようであった。それにしてもこれを調査報告書に記さなかった私立探偵社の不《ふ》手際《てぎわ》は責められるべきであった。

これで完全に須恵子と結婚できる条件が整ったと笠井は思った。晴れて結婚式が挙げられるし、公式に表面に出ることができる。須恵子が聞いたら、日蔭《ひかげ》の生活で辛抱した甲斐《かい》があったとよろこぶにちがいなかった。

しかし、笠井は気分が乗らなかった。軽蔑《けいべつ》していた水間が房子といっしょになったことが気に入らなかった。しかも水間隆吉は順調に出世をしている。やがて彼はM光学工業の重役となるに相違ない。自分より才能が数等劣っていたあの男が、実力以上の評価をうけるのは「不合理」であった。魚釣り以外に能のない男が。

笠井は、また房子が《待っている姿勢》を簡単に破ったことも不満だった。房子には水間のような男と結婚した罰として、これからも空閨を守る状態にしておこうと笠井は思った。水間隆吉とは高原の町にあるレンズ設計の工場でいっしょになったというだけで、当時から人間関係はうすく、しかもあれから十年近い歳月が経っている。水間の身にたとえどんなことが起ろうと、笠井平太郎の幻影に想到するものは世間に一人もないに違いなかった。

笠井は、依頼の住宅設計のアイデアを考え、とくに庭の池については入念に思案した。水間隆吉はまだ魚釣りが好きなのだ。その趣味から、庭の池には鯉《こい》などをたくさん放って観賞したいにちがいなかった。和風が好きらしいから、池は心字形を象《かたど》った、変化のあるほうがいいかもしれない。

そのプランについて笠井は、京都の名園をはじめ全国の名ある庭園の平面図をあつめコンピューターに記憶させて計算した。旧友と、自分を去った妻のために、その設計は入念を重ねた。

そういう作業にかかっているうちに、設計依頼者の水間隆吉が新任地の石川県の都市に移り、新居が出来るまで当分アパート住いをしているというのを担当者から聞いた。担当者は依頼主がそんな仮住いの状態なので、早く家を建てたいという先方の催促を取り次いだのである。

それからあとのことを私立探偵社の調査報告書ふうに書くと次のようなことになる。

《笠井平太郎殿は×月×日より北陸方面に業務出張し、約一週間の後に帰阪した。なお、この期間に、かねて同社が建築を依頼されているM光学工業株式会社××工場の技術部長水間隆吉殿の住宅の整地が行われ、とくに池のある造園工事がすすんだ。池は笠井平太郎殿の設計になるものだが、当人は部分的に工事監督に当ったようである。しかしながら、出張中の当人の行動については不明な点が多く、この点の調査については不可能である》

――水間隆吉邸は完成したが、当の依頼主はそこに移って来なかった。水間隆吉はその新築家屋が出来上る前に行方不明となったからである。

ある夕方、水間隆吉は工場から仮の住居にしているアパートに帰る途中で消息を絶った。水間が暗くなった道路を一人の背の高い男といっしょに今度できる家の方角に歩いているところを見たという目撃者はあったが、夜になってのことなので、はっきりとしなかった。

半年前に結婚したばかりの水間の妻の房子は、夫の失踪《しっそう》で新居にも入れず、また建築費の支払もできなかったので、建築会社ではその土地を彼女から購入し、完成した家は別な買手に売渡した。客は家の格好もだが、その池のある庭が気に入ったのである。

房子は実家に戻って《居なくなった二度目の夫》の帰りを待った。

一年も経たないうちに、その新しい家に入った人は、庭の池に放っている何十尾かの鯉がみんな色が変り、濁っていることに気づいた。緋鯉《ひごい》や錦鯉《にしきごい》など非常に高価な鯉を仕入れて飼っていたので主人は心配した。金、赤は焦《こ》げ茶色となり、黒は蒼味がかるのである。

呼ばれた水産の専門家は、エサのサナギとか魚粉とかに脂肪ぶんが多いのだろうといった。脂肪ぶんが多いと、業者が俗にいう《脂噴《あぶらふ》き》の状態となる。これは色素細胞の質量が変化したのではなく、魚の鱗《うろこ》とか表面の粘膜が脂肪によって変ったのである。

主人はエサを持ってくる業者に文句をいったが、業者は、うちのエサにはそんなに脂肪は入っていないと言い張った。他家の鯉や金魚にはその現象がないという。そこでサナギや魚粉を変えてみた。結果は同じで、鯉の色は冴《さ》えず、魚じたいにも元気がない。

いろいろ考えた末、一ヵ月前この地方に地震があったことに思い当った。それで地盤が少し沈下した。それでなくとも日本海岸側は地盤が沈下しつつある。そのズレで、池の底に割れ目や隙間《すきま》が出来て、下に埋っている何かの作用で、脂肪が浮き出ているのではないか、という想像になった。

傭《やと》った庭師の若い者が池の水を掻《か》い出し、底の小石をとり除くと、なるほどセメントの床にヒビ割れがほうぼうにあった。セメントは新たに塗り直すつもりで、床をツルハシで叩《たた》きこわし、さらに下の土を掘ってみた。

土の下から白骨になりかけた腐爛《ふらん》死体が出てきた。この腐汁がセメントのヒビ割れの間から池の水に滲《し》み出て、鯉に脂肪を与えたことが知れた。同時に、ぼろぼろになりかかった洋服から《水間》のネームが判読できた。

警察は、この庭の池をつくった設計者と工事人の捜査をはじめた。

——笠井平太郎が水間隆吉の死体をわざわざ水間の所有となるはずの家の庭に埋めたのは、予定では、房子が朝な夕な亭主の骨の上に漂う庭の水をひとりで眺めるようにしたかったようである。その家がすぐ他人の手に渡ることまでは考えてなかったらしいのだ。

留守宅の事件

一

交番の巡査は、事件捜査記録の「証人訊問《じんもん》調書」のなかに通報を受けたときのことを述べている。

「問　君は何時《いつ》から西新井《にしあらい》警察署勤務となり、また大師前《だいしまえ》派出所勤務となったのは何時か。

答　私は昭和四十二年九月から西新井警察署勤務を命ぜられて一昨年十一月中旬ごろから大師前派出所詰となったのであります。

問　本年二月六日、西新井×丁目××番地、栗山敏夫より同人妻の宗子が殺害されたと訴え出たのを受けた状況を詳細に述べよ。

答　二月六日午後六時半ごろでありました。私は休憩時間に相当しておりましたので、所内の見張所の時計のところに腰かけて見張勤務中の山口巡査と相撲の話をしておりましたら、一人の男が参りまして、山口巡査に向って、『勤めから帰ったら、ぼくの妻が殺されていましたから、すぐ来て下さい』と云《い》ったので、山口巡査が『どうして殺されたのか』と訊《たず》ねましたら、『家の裏の物置小屋に横たわっている。どうして殺されたかよく分らないが、とにかく殺されています』と申しました。

山口巡査が同人に氏名住所を訊ねると、西新井×丁目××番地栗山敏夫（当三十四年）、殺されたのは同人妻宗子（当二十九年）と申しましたので、山口巡査が私に向って本署に電話報告方を頼んで、自転車で栗山敏夫と現場に駈《か》けつけたのであります。しばらくしてから本署と連絡をとるために栗山敏夫方に参りましたらパトカーがとまっていて刑事が大勢来ておりました。

問　栗山敏夫が派出所へ訴え出たときの様子はどうか。

答　栗山敏夫は派出所に訴え出て参りますのに駈けても来なかったらしく別に息せき切ったという様子はありませんでした。静かに話をしており、落ちついた態度でありました。

問　本件について他《ほか》に申し述べることはないか。

答　別にありません」

——その年少の平田巡査は交番の入口に近い壁時計の下で椅子《いす》にかけて先輩の山口巡査と初場所の成績の話をしていた。山口巡査はひいきの相撲の取口を解説していたが、途中で言葉をやめた。

平田巡査が眼をあげると、髪をきれいに分けた、面長で背の高い、オーバーをきた男がゆっくりと近づいてくるところだった。平田はその男が落ちついているので、道順でも訊《き》くのかと思った。

「ぼくの妻が物置で殺されています。すぐ来てください」

男がすぐ前に来て、立っている山口巡査に云ったとき、当の山口も平田もきょとんとして相手の顔を見た。それほど男は平常な態度で、声も小さかった。

男は三十前後にみえたが、実際の年齢よりかなり若く映ったのは、服装がしゃれていたせいであろう。オーバーは濃い紺だが、赤の粗い格子縞《チェック》で、衿《えり》もとにのぞいたマフラーも海老茶色《えびちゃいろ》だった。額がひろく、眼が落ちこみ、鼻が隆《たか》いという現代むきな面《めん》貌《ぼう》の上に、口のまわりも顎《あご》もすべすべするくらい髭《ひげ》をきれいに当っている。頭も顔も手入れがいいのである。あとで自動車のセールスマンと聞いて、なるほどと巡査は思い当ったことだが、上背はあるし、見た瞬間は、いい男前だな、と思った。もっとも顔の色が白いと思ったのは、実際は、このとき蒼白《そうはく》になっていたらしいのである。

交番の巡査二人が栗山敏夫の様子を落ちついていると見たのは、あとで事情聴取のときに栗山の弁明によると、ことがあまりに急で重大だったので、かえって意識がぼんやりとし、神経が麻痺《まひ》した状態だったと述べた。それで動作も緩慢となり、言葉も舌がもつれたような具合でゆっくりとしか話せなかった。

しかし、この巡査が受けた届出のときの栗山敏夫の印象は、捜査員にあとあとまで影響を与えたものである。

「あなたが奥さんの死体を発見するまでの様子を話してください」

捜査本部がつくられてから、石子《いしこ》という本庁から応援にきた捜査主任が栗山敏夫に事情を聞いた。

「ぼくは岩崎自動車商会の東京本店営業部主任をしております。仕事は車のセールスです。給料は固定給のほかに、車の売上げについて何パーセントという報奨金がついています。つまり歩合《ぶあい》ですが、本給は安くても歩合があるので、収入はわりと多いほうです。この岩崎自動車商会というのはG自動車工業の系列下にある販売会社ですから G車ばかりを売っております。主任というのは幾人もおりますが、ぼくは東京都だけでなく、東北地区の応援もやっています。それは二年前までぼくが仙台支店の販売主任をしていて、そこに三年間居る間にかなりの成績を上げたので、いまもって支店から応援を頼まれるからであります。一年に四回、つまり三ヵ月に一度は仙台支店に出むき、十日間ほど各地を回ります」

栗山敏夫はまず会社での仕事の性質をいった。

「今回の仙台出張は本年一月二十六日からでした。主として宮城、山形両県下を回り、二月四日の昼、列車で仙台を発《た》ち、午後五時すぎに会社に着きました。会社では報告やら留守中の用件を見て、久しぶりで新宿で会社の友人と飲み、午後十一時ごろに帰宅しました」

「そのとき、奥さんの姿は見えなかったのですね？」

「そうです。妻の姿はありませんでした。家の表戸に内から錠がかかっていたので、そのとき留守だなと思いました。ぼくは合鍵《あいかぎ》で入ったのです。そのとき、ぼくは妻が一月三十一日以来、家に居ないことを知りました。事件が分るまでそう思ったのです」

「どうしてですか？」

「玄関内側の郵便受の中に新聞が溜《た》まって落ちていたからです。朝夕刊で九部たまっていました。一月三十一日の夕刊から二月四日までの朝夕刊がそのまま残っていました。郵便物も四、五通入っていました」

「一月三十一日の夕刊からあったとすると、その日の朝刊は郵便受の中に無かったのですね？」

「はい、それはリビングキチンのテーブルの上にそれまでの新聞といっしょにたたんで置いてありました。ですから、妻はそれを読んで、家を出て行ったのです」

「それまでの新聞というのは？」

「ぼくの読んでない一月二十六日の夕刊からです。ぼくは朝刊は読んで出かけました から。二十六日の午前九時上野発の特急で仙台に向いました」

「奥さんが三十一日から家を留守にするというのは、あなたが仙台に出張される前に話合いがあったのですか？」

「いや、それはありませんでした」

「では、あなたは、奥さんがあなたに無断で出かけたと思われたのですね？」

「そうです」

「変に思われませんでしたか？」

「妻は静岡の実妹の家に遊びに行っているものと思っていました。これまで、そういうことがときどきありましたから」

「あなたに無断で？」

「ぼくの出張のとき、寂しくなると妻はふいと妹の家に行っているのです。そのときは出張前には話に出てないのです。そうして、ぼくが出張から帰るころには、戻ってくるのです。ぼくは馴《な》れていましたから、そのときもそうだと思い、妻は一月三十一日から静岡に行っているのだと考えていました」

「静岡の妹さんというのは？」

「妻より五つ年下で高瀬昌子といいます。まだ独身で、土地の高校の教師をしています。アパート住いですが」

「そこに電話は無いのですか？」

「アパートにはあります。ですから呼出しです」

「奥さんは静岡に行くといって何かに書き残してなかったのですか？」

「ありません。いつも黙って出て行くのです。そういう性質《たち》でした」

捜査主任は、栗山の顔をじっと見たが、思いとまったように次を質問した。

「あなたは帰宅して奥さんが三十一日以来居ないことが分ったのですね。では、静岡の妹さんのところに奥さんがそこに行っているかどうか確かめる電話をどうしてかけなかったのですか？」

「ぼくが家に戻ったのは、会社の友人と新宿で飲んだあとで夜の十一時でした。そんな遅い時間に静岡に電話するのがたいぎだったのです。義妹の部屋は直通ではなく、アパートの管理人に呼んでもらうのですからね」

「しかし、あなたは一日置いて二月六日の午前十時半ごろに静岡に電話したわけですね？」

「そうです。五日いっぱいは会社が忙しかったものですから。で、六日の午前十時半ごろに電話したときは義妹の昌子は学校に出て行って居ないということをアパートの管理人から聞きました。そこで、ぼくは管理人にこっちの名前を云って、妻がそっちに行ってないかどうかを訊きましたら、来てないようだという返事でした。妙だなあと思いましたが、なお昌子が学校から帰ったらぼくの会社に電話をかけてくれるようにと頼んだのです」

「その電話は会社にかかってきましたか？」

「きました。午後四時半ごろ、昌子から、いま学校から戻って管理人にことづけを聞いたところだけど、姉さんは一度もわたしのほうには来ませんよ、と云いました。ぼくが、それは変だな、ぼくの出張中、一月三十一日から留守をしているようだと話しますと、昌子はひどく心配して、自分も東京に出て行こうかと云いました。ぼくは、まあもう少し様子が分ってから知らせるといって電話を切りました」

「もう少し様子が分ってからというと、あなたには奥さんの行方について何か心当りでもあったのですか？」

「いえ、べつにありません。しかし、義妹が静岡からわざわざ上京して来たときには、妻が帰っていたということになっては勤めをもっている義妹に済まないので、一応とめたのです」

「あなたは、郵便受の中に新聞のほかに郵便物が四、五通入っていたとさっき云われましたね。それはどういうものですか？」

「デパートのダイレクト・メールとかそんなつまらない宣伝物ばかりでした」

「あなたは出張中に、自宅の奥さんに電話しませんでしたか？」

「いたしました。一月二十九日の晩八時半ごろです。山形県の天童《てんどう》という温泉に泊りましたので、旅館から電話しました。妻が出ました。そのときは留守中の様子をきき、こっちの成績もちょっと話してやりました。べつに妻からはたいした用事もありませんでした」

「それは奥さんが居なくなった日、いや、あなたがあとでそう思われたという三十一日の二日前ですね？」

「そうです」

「そのとき、奥さんの話の様子に変ったところはありませんでしたか？」

「ありませんでした。妻はぼくに、テレビの天気予報では東北地方はだいぶん雪が降っているそうだが、どんな様子かと聞きますので、ぼくは、こっちは例年より三度ばかり低く、雪もかなり降って積っていると答えました。妻は、ぼくが仙台支店に在勤中、三年間いっしょに仙台に住んであの辺の冬を知っているのです。で、電話を切るとき、妻は風邪をひかないように身体《からだ》に用心してくれといい、ぼくは四日には東京に帰る予定だけど、もしかすると一日くらい延びるかもしれない、留守中は気をつけるように、といいました。それが、われわれ夫婦の最後の声のやりとりになりました」

二

「出張の予定が一日延びるかもしれないというのは？」

と、石子主任は訊いた。

「向うの車の売れ具合が思うようにはゆかなかったのです。それで、もう少し頑張らないといけないかなと考えたからです」

「しかし、予定通りに二月四日に帰られたわけですね？」

「そうです。どう努力してみても駄目だと思って延ばすのをあきらめたからです。どうも時期が悪かったのです。例年より寒さがひどくて、雪も多かったものですから」

「そうですね。東京地方も冷えましたからね。で、二月四日の晩にあなたが帰宅された時に話を戻しましょう。そのときは、家の中に変った様子はありませんでしたか？」

「気がつきませんでした。それにぼくは酔っていましたから」

「すぐに寝られたわけですね？」

「そうです。蒲団《ふとん》を押入れから出して敷くと、そのまま朝の九時近くまでぐっすり睡《ねむ》りました」

「翌朝、つまり五日の朝は？」

「眼がさめたときが九時近くなので、あわててとび起き、トースターで焼いたパンと配達された牛乳だけで朝食を済ませました。あ、言い忘れましたが牛乳も四本溜まっていました。で、すぐに自分の車で家を出ました。九時までが出勤時間ですが、五十分ほど遅刻しました。そんなわけで、五日の日は会社に出勤してすぐに外回りをし、うさ晴らしに映画を見て、家に帰ったのが十時すぎごろでした。妻はまだ戻っていませんでした。義妹の家に電話したのも六日の午前十時半になって会社からです」

「五日の日奥さんの居ないことが気になりませんでしたか？」

「半分気にかかっていましたが、静岡の義妹の家に行っているものと思っていました。それで義妹からの電話返事以来、心配になりました。で、六日は会社を定時の五時に出て家に帰りました。家に着いたのが六時ごろでした。そして急に募ってきた不安に駆られながら、家の中を調べたのです。けど、べつに荒されたあともありません。もしや、と思って懐中電燈《でんとう》を持ち、勝手口から出て行きました」

「ちょっと。……そのとき、勝手口に挿《さ》し込み錠がかかってないことに気がつきませんでしたか。それは外からコジ開けられて、はずされていたのですよ」

「気がつきませんでした。不安で、気持がうわずっていたのだと思います」

「そうですか。では、つづけてください」

「勝手口から物置小屋の前に行きました。勝手口から物置小屋は五、六歩のところです。ふだんは使わないガラクタ道具だとか、木箱などを入れて積んでいます」

「あなたの家は借家ですか？」

「いえ、二年前に死んだ親父《おやじ》が七年前にぼくらの結婚のとき建ててくれました。二年間仙台に行っている間は、人に貸していたのですが東京に戻ったときに明けてもらったのです」

「部屋数は？」

「部屋数は六畳が二つ、四畳半が一つ、それにリビングキチンの八畳」

「ガレージがありましたね？」

「横に付いています」

「車をお持ちでしたね？」

「商売柄、これは必要です。出勤用と外交用です。会社から買ったのです」

「物置小屋は五平方メートルでしたね？」

「そうです」

「で、その物置の戸を開けてから、奥さんの死体を発見されたときの様子を話してください」

「戸を開けたとき、すぐに異変に気がつきました。異様な臭気が鼻をついてきたからです。その悪臭が何かを直ちに知りました。ぼくは胸をどきどきさせて懐中電燈の光を入口から奥にむけたところ、木箱を積んだかげに白い脚が二本、光に浮き出ました。素足で、下駄も靴もはいていませんでした。ぼくは脚だけでは、ひょっとすると、ほかの女かも知れないと思い、勇気を出して物置の中に二、三歩入り、木箱のかげに光を当てました。死体は見おぼえの妻の寝間着で、それはうつ伏せになっていました。ぼくは乱れた髪の端からのぞいた横顔を見て、妻を確認しました。それで物置をとび出して交番に走ったのです」

「奥さんの死体にはふれませんでしたか？」

「いいえ。一指もさわりません。臭気がひどいので、死んでいることに間違いないと思ったものですから。さわっては検視にいけないと思ったのです」

「それはいい処置でした。で、電話で一一〇番にかけないで、わざわざ交番に走って行ったのは？」

「気が動顚《どうてん》していたのです。ぼくは会社に往復する車でいつもあそこの交番の前を通るので、それが頭にあったのだと思います。一一〇番に電話したほうがずっと早かったというのは、あとから気づいたことで、そのときはあの交番に知らせることしか頭にありませんでした」

「奥さんの死体を見られたときの気持は、いや、悲痛なお気持だったことはお察ししますが、そのほかに、奥さんがそういう姿になられた原因とか、そういうものに直感が走りませんでしたか？」

「妻が寝間着のまま殺されていたので、これは強盗でも入ったのではないかと思いました。しかし、家の中は荒されてないので、あるいは痴漢が侵入して、ひとりで留守居している妻に乱暴して殺したのかもしれないと思いました。そのときは煮え返るような気持で交番に行ったのです。あとで、解剖によって妻が凌辱《りょうじょく》を受けた形跡がないことを知って救われた気がしました」

「あなたは奥さんといつ結婚されましたか？」

「七年前です。ぼくが二十七、宗子が二十二でした。恋愛結婚です」

「ご夫婦の間は、七年後の現在もうまくいっていましたか？」

「恋愛で結婚した最初のようなわけにはまいりませんが、まあ、普通の仲でした。あまり喧嘩《けんか》もしませんし、大きな不平をもち合うということもありませんでした。そりゃ、だれだって女房に不満はありますが」

「あなたが奥さんに持っていた不満というのはどういうことですか？」

「そうですね。宗子は淡白な性質で、あんまりぼくの世話を焼くほうではありませんでした。多少、自分勝手なところがありました。ぼくが出張から帰っても家に居なかったのを静岡の妹のところに行っているかも知れないと思いそれほど気にとめなかったのは、これまでも無断で出て行くことが二、三度あったからです。そのときも、べつに行先を書き残しておくこともなかったのです。ぼくとしては、もう少し親切に世話をやいてもらいたかったのです。不満といえばそんな程度で、ほかにはありません」

「立入ったことをお聞きしますが、奥さんが淡白な性質というのは、性的な生活面でもそうですか？」

「いや。それは、まあ、世間の普通の夫婦と同じだったと思います」

「これも恐縮な質問ですが、捜査上のことですからお許しください。奥さんには、ほかに愛人とか、そういう男友達の関係があるような心当りはありませんでしたか？」

「心当りがありませんね。ぼくが気づいていないなら別ですが。ぼくはさっきもお話ししたように、三ヵ月に一度は、東北のほうに十日間ほど出張します。また、関西に、これは不定期ですが、二、三日泊りで行くこともあります。その留守の行動は分りませんが、もし、そういう人物がいたら日ごろからの素振りでぼくにも判《わか》ったと思います。ぼくは今でも妻を信用しています」

「あなたは萩野《はぎの》光治という人を知っていますか？」

「知っています。ぼくの友人で、福島市に住んでいます。大学の一年後輩で、福島で証券会社につとめています。ぼくら夫婦が仙台にいるときは、仙台にくるたびに家に遊びにきていました。東京に移ってからでも、出京する三回に一度はいまの家に寄ってくれました」

「では、奥さんとも親しいわけですね？」

「妻にだけではありません。ぼくら夫婦です」

「萩野君は何か用があって、あなたがた夫婦のところによく寄っていたのですか？」

「いや、とくに用事というわけではありません。大学の一年後輩で、友だちですから気軽に話しにきていたのです。くれば彼は宗子ともよく話しておりました」

「あなたは、その萩野君が奥さんに特別の気持をもっていたことを知っていましたか？」

この質問に、栗山は広い額の下にうすい横皺《よこじわ》を寄せた。

「とくべつの気持というのは萩野が妻を心ひそかに愛していたということでしょうか？」

「そういうことです」

「そういう様子はぼくにも分りました。萩野はむろんそんな告白はぼくにはしませんし、露骨な素振りも見せませんでしたが、ぼくには彼の心がなんとなく分りました」

「奥さんは、どうでしたか？」

「妻は、萩野を何とも思ってないようでした」

「それじゃ、つまり萩野君は片想《かたおも》いですな。しかし、あなたがたご夫婦の間で、萩野君のそうした気持が話に出たことはあるでしょう？」

「まあ軽い冗談程度に、萩野は君がどうやら好きらしいな、と妻に云《い》ったことはありますす。妻は、あんな人はイヤだわ、と云っていましたが、べつに深刻な会話でもありません。萩野がくれば妻はふだん通りに彼と話していたし、萩野の面白い話に笑っていましたから」

「あなたが萩野君と最近会ったのは何日ですか」

「二月二日の晩です。車の売込みがどうも思わしくないので、福島市に仙台時代の顧客がいるのを思い出して、そこに仙台から列車で行ったのです。先方は山下喜市という海産物商ですが、午後十二時半ごろからその店で、二時間ばかり話し、三月にライトバンを一台持ってくる約束ができました。ぼくは、車一台の売込みに成功し、福島まで来た甲斐《かい》があったとよろこんで、午後二時半、そこを出てから市内の様子を見て歩き、伊東電機商会へ寄り、四時ごろまでいました。そのときは立寄るつもりではなかったのですが、明るい気持になっていたので、福島市××通り××番地の萩野の家に行きました。雪の中を行ったのですが、着いたときが八時半ごろだったと思います」

「その晩、萩野君とはどういう話をしましたか?」

「べつにとりたてて云うほどの話はせず、世間話とかお互いの商売の成績とか学校時代の旧友の噂《うわさ》とか、そんなものでした。萩野の細君が、ぼくがまだ夕飯をすませてないのを知って、急いで鱈《たら》と豆腐と白菜のチリ鍋《なべ》をつくってくれ、酒を出してくれました。空《す》き腹だったので、酔いがだいぶん早く回ったと思います。そうして、とうとうその晩はすすめられるままに萩野の家に泊ってしまいました。ぼくは仙台に売込み中の話があるので、それが気にかかってなりませんでしたが、雪でもあるし、萩野の細君が七時ごろに起すというので、泊ったのです」

「そのとき、萩野君はあなたに何日に東京に帰るのかとききましたか？」

「萩野君がきいたか、ぼくから云ったか、そのへんはよくおぼえていませんが、四日に帰京することは萩野夫婦の前で云いました」

「萩野君は、近いうち自分でも東京に出て行くような話はしませんでしたか？」

「とくに聞きませんでした」

三

警察の検証調書は写実主義の極致のような文章だ。乾いた文体で細密を尽している。およそ非文学ともいえるし、技巧の限りを経た文学の涯《はて》は結局こういう種類のものになるのではないかと予見させるような文章ともいえた。

≪本検証の目的である栗山敏夫方は東京都足立区西新井×丁目××番地であって、都バス本木町停留所と梅花相互銀行西新井支店とのほぼ中央西側にある杉原葬儀店と椎《し》野《の》美容室との間の幅約三メートルの道路を東に約二百メートル進み、野菜果物商森田トキ方とその西隣横倉忠次方との間にある幅員約二メートルの道を左折して、角の空地より十五メートル先に所在する門構の瓦葺《かわらぶき》平家建である。栗山方附近は所謂《いわゆる》住宅街であるが割合に人家が疎《まば》らで、栗山方の西は空地であり、東隣は島田芳雄方と路地を隔てて万年塀《まんねんべい》に接し、その間には幅員約二メートル弱、長さ十メートル弱のコンクリート路地があり、表道路より栗山方の横勝手口に通じ、さらに同家裏の約五平方メートルの物置小屋に到《いた》っている。同家裏はブロック塀をもって隣接する河合隆太郎方裏と仕切り、栗山方の南側は二メートル道路を隔てて植田吾一方、桜井秀夫方となる。

栗山敏夫方は玄関二畳、所謂リビングキチン式の八畳くらいの広さの洋風の間、座敷六畳二間、四畳半、浴室、便所等に分れ、西側には約六・六平方メートルのガレージが附属し、また約五平方メートルの物置小屋は同家裏北側に一メートル離れて孤立し、其《そ》の方位間取り等は別紙見取図第二に示す通りである》

このような文章で《栗山敏夫方室内模様》が説明されているから、部屋の茶簞笥《ちゃだんす》の上に載った雑品の入ったボール函《ばこ》の数や、台所の隅に《放置してある二キロ入りの味《み》噌樽《そだる》一個》や台所流しの下にある《ポリエチレン製バケツの中に男物靴下二足の洗濯済のものが入れてある》などの説明で他の部屋の詳細が推して知られる。

　被害者の検証では、

《被害者は成年の婦人で、前記の如《ごと》く物置の木箱の北部に接して顔を木箱にむけて俯《う》伏《ぶ》せ両手を稍ゝ《やや》開いて右脚の膝《ひざ》を外側にやや曲げ、左脚は、太股《ふともも》の背部まで現わし、裾《すそ》を乱す。衣類は晒《さらし》の肌襦袢《はだじゅばん》の上に赤の毛織襦袢、ネルの半襦袢に、化繊の袷《あわせ》の寝間着に伊達巻《だてまき》をゆるく締め、胸部を多分に現わすほど着物の胸を開いている。その詳細を検するに》

　からはじまって、死体の検証に入る。

《被害者の着衣ならびにズロースを脱がしめ、順次検するに、眼は稍ゝ開き、鼻孔より少し許《ばか》りの鼻汁を出し、口も稍ゝ開いて歯を見せ、かつ軽く舌を出して之《これ》を咬《か》み、口もとより血液を交えた唾液《だえき》を出した痕《あと》がある。其の頸部《けいぶ》を検するに相当深き二重の索溝《さくこう》があり、前部で強く結束した痕が認められたが、使用した紐《ひも》類は死体に附着していない。索条溝の前部と側面に軽い上皮剝脱《はくだつ》の痕が都合三ヵ所認められ、使用したる紐は、たとえば女の腰紐のような比較的柔らかくて芯《しん》の強いものと推定される。前胸部のほぼ中央鳩尾《みぞおち》に直径三ミリ位の大きさを有する黒褐色を呈する灸痕《きゅうこん》様の傷がある。該傷の附近に縦又は斜に搔痒《そうよう》の如きものがある。また右傷の右三センチくらいのところに二ヵ所の淡褐色を呈する斑点《はんてん》を認む。右膝頭より五センチ位離れたコンクリート床の上に陰毛と覚しき毛一本、左太股の内側にも同様の毛一本を存する。

本屍《し》は死後硬直の弛緩《しかん》しある状況より見て死後三日ないし四日を経過したと推測されるが、日中の気温平均三度、真夜中の気温平均〇・一度の寒冷の中に放置されたためか、腐敗の進行も通常よりは遅く、比較的新鮮度を保っている。

茲《ここ》において検察官は立会人に対し死体は解剖に付すべきによりR大学医学部法医学教室に運搬すべき旨《むね》を命じた》

次にR大学医学部法医学科助教授作成の《死体解剖検査記録並鑑定書》は、東京地方裁判所判事より命じられた下記の鑑定事項に沿ったものである。《①損傷の有無。②死因。③凶器の種類。④姦淫《かんいん》の有無。若《も》し姦淫の事実があれば死後の姦淫なりや否《いな》や、精液の型。⑤死後の経過時間。⑥性病の有無。以上》。

解剖検査記録の文章は医学用語で充満しているので、警察の現場検証調書よりも難解、かつ、細密描写主義《デスクリプシオニスムプライエ》である。

《歯牙《しが》は上顎《じょうがく》に於《お》て右外切歯に白金片を着く、下顎に於て左第一大臼歯《だいきゅうし》は齲蝕《うしょく》欠如す、其他に損傷なくいずれも智歯《ちし》の発生を認む》から、胸腹部、下腹部、四肢の外景に及ぶ。肝腎《かんじん》なのは頸部の絞殺痕《こうさつこん》であって、《該凹部は左右径に全般に亙《わた》り下縁より上方約一センチ幅の間及び前頸部に於て前記陥凹部の上縁距《へだた》る下方約〇・七センチの処《ところ》より下方に約〇・五センチ幅約五センチ長さの間に特に陥凹の度強きを認む。其他に左右径約〇・二乃至《ないし》〇・三センチ幅多数の皺襞《しゅうへき》を形成し、該皺襞に沿い……》と要するに索溝の実検報告であった。

背部、両上肢共に損傷異常なく、右下肢下腿《かたい》前側上半分に約豌豆《えんどう》大二個の皮下出血の痕がある。《姦淫の有無》については、局部所見《ゲニタール・ベフント》を記したあと、要するにその事実はなく、《精液の存在するを認めない。其他に出血なく、異常なし。肛門《こうもん》は閉じ、周囲に糞便《ふんべん》の汚染がない》。内景検査では、第四肋骨《ろっこつ》の半ばと第五肋骨のほとんどに骨折があり、左肺と右肺とに《麻実大溢血点《いっけつてん》多数が散在する》。胃に消化した米飯、魚肉、野菜などが僅《わず》かに残留し、空腸内、回腸内には胃と同様の内容物が多量に存在している。これが《説明》のあと解剖医は《鑑定》として、

《①本屍の死因は前頸による窒息とする。②頸部の索溝は布製紐類の纏縛《てんばく》絞圧、胸腹部の損傷は鈍体の強劇なる外力。右下肢の皮下出血は鈍体の作用等に由《よ》るものとする。③本屍に直前性交の証跡を存しない。したがって精液の存在を認めない。④本屍の死後経過は解剖時より四日乃至五日と推測する。⑤性病ことに淋疾《りんしつ》を証明しない》

との回答を裁判所に提出した。

――栗山敏夫の第三回事情聴取。

「あなたは、萩野光治が奥さんを殺害の被疑者として逮捕されたのを知っていますか？」

質問者は石子主任だった。

「はい。知っております。昨夜の夕刊で読みましたから」

栗山敏夫は伏し眼加減に答えた。

「萩野の指紋があなたの家の勝手口の戸や、リビングキチンの台所のところやテーブル、それに六畳の居間の襖《ふすま》、障子、柱などに付いていたのです。もちろんご主人であるあなたの指紋は、もっとたくさんほうぼうに新旧を交えて付いていました。萩野のも新しいのです。これが萩野自供の証拠になりました」

「萩野は、ぼくの妻を殺したと自白したのですか？」

「家の中に侵入したことは認めました。二月三日の夜です。つまり、あなたが福島市の萩野の家に泊った翌晩ですね。その日の午後二時四十三分福島発の急行で上野に六時半ごろに着き、一時間ほど上野駅附近をぶらぶらしたのち、八時すぎごろ、あなたの家を訪問したそうです。この訪問の目的が何だったかはお分りでしょう。あなたは前の晩に萩野の家に泊ったとき、仙台出張から東京の本社に戻るのが四日の午後で、帰宅が夕方だということを萩野に話している。つまり、三日の晩はあなたが仙台に居ることを萩野は承知していながら、彼はあなたの家をわざわざ夜の八時すぎに訪問したのです。その訪問の目的が何だったかは判るでしょう？」

「萩野が妻に一方的な好意を寄せていることにはうすうす気づいていましたが、まさか、まさか、そんな大胆なことをするとは思いませんでした」

栗山は端正な顔に血の色を上らせ、眉間《みけん》に深い縦皺をつくった。

「萩野は、はじめ東京に急に用事があって出た点までは認め、あなたの家に行ったことを否認していましたが、家の中に指紋が付いているのが証拠で言い遁《のが》れが出来ず、錠のある勝手口の戸をこじ開けて内部に侵入したことは認めました。はじめ、あなたの家の玄関で奥さんの名を呼んだそうですが、家の中は電燈が消えて暗くなっているし、返事もないので、思い切って裏口から忍び込む気になったといっています」

「中に入って、萩野は妻に言い寄ったのですか？」

「いや、ところが萩野はまだその点を自供しません。家の中に入ったら、誰も居なかったというのです」

「妻が居なかったというのですか？」

「萩野はそういっていますが、苦しまぎれの言い遁れにきまっています。犯人の心理として最後の決定的なことは匿《かく》せるだけ匿しておこうというわけです。それを云ってしまうと死刑か無期かですからね。それが眼の前にちらつくものだから、云ってしまえば最後だということになって、必死に防禦《ぼうぎょ》をつづけるわけですよ。しかし、萩野が落ちるのは、時間の問題です。彼は取調べで、おいおいと声を放って泣き出しましたからね」

「ちょっと待って下さい。妻が寝ているところを萩野に襲われたとなると、その蒲団《ふとん》はそのままになっていたわけですね。まさか、萩野がたたんで押入れに片づけるとは思いませんから。そうすると、ぼくが四日の晩に帰宅したとき、妻が敷いて寝た蒲団はなかったのはどうしたのでしょうか？」

「萩野が押入れに片づけたに違いありません。一つは、あなたが四日に帰ったとき、奥さんの蒲団が敷き放しで、本人が居ないとなるとあなたがすぐ怪しみますからね。もう一つは、蒲団の上が萩野の挑みで乱れていたにちがいないから、それをごま化すためにたたんで押入れにしまったのだと思います。あなたは気がつかないでしょうが、われわれで押入れにある奥さんの蒲団を出したら、かなり皺が寄ったままになっていましたよ」

「妻は最後まで萩野に抵抗したのですか？」

「そうです。寝間着をきて寝ているところでしたからね。たぶん声を立てられたのでしょう。それで萩野は、そこに解いて置かれてあった奥さんの腰紐をとって首に捲《ま》いたと思うのです。そういう場合の犯人は、たいていあわてて相手に声を上げさせないように首を絞めるものです。だが、たぶん、奥さんはそのときはまだ仮死の状態だったでしょうね。蒲団の上や畳には血痕とか汚物が付いていませんから。本当に絞めたのは物置に運んでからです」

「萩野は劣情で妻に挑んだのでしょう？　宗子が仮死の状態になったとき、どうして目的を遂げなかったのでしょうか」

「萩野は、やはり臆病《おくびょう》だったんですね。凶悪な犯人だと仮死のときはおろか、ほんとうに死んだあとでも劣情を遂げるものです。その点、奥さんはせめてもの幸いでしたよ」

四

ひとりで留守を守っている妻が殺害される事件は珍しくない。ある場合は強盗に殺され、ある場合は居直った空巣狙《ねら》いに殺され、ある場合には侵入した痴漢に殺され、またある場合は遊びにきた友人から発作的に殺される。こういう犯罪が全国で年間どれくらい発生しているか分らない。

栗山宗子殺しの場合もその犯罪型の一つと推定された。その意味ではありきたりの事件といえる。ただ、この被疑者は夫の友だちだが、夫の留守に来てその妻と話しているうちに欲情が生じて首を絞めたというケースではなく、はじめから夫の不在を知っていて、その妻に挑むために侵入したのである。

その点は被疑者の萩野光治も認めている。彼は一応、家宅侵入罪の疑いで逮捕されたのだが、いつでも殺人の疑いに切り換えられるようになっていた。

「栗山君が福島市の私の家に来たのは二月二日の晩八時半ごろでした。市内の顧客《こかく》先である海産物商や電機商のところに来たついでだといっておりました。そこでライトバンが一台売れたといってよろこんでいましたが、今度の出張から東京に帰るのは四日の夕方だということでした。私は栗山君と大学では一年後輩で、栗山君が二年前に仙台支店に在勤中はその家にときどき遊びに行き、奥さんの宗子さんをよく知っておりました」

萩野光治は自供した。

「実のところ私は宗子さんが好きでした。けど、そういうことは一度も宗子さんに云《い》ったことはありません。が、私の態度で宗子さんにはそれとなく判《わか》っていたと思います。あるいは栗山君も感じていたかもしれません。私は家内が痩《や》せて貧弱な身体《からだ》をしているのに不満をもっていましたから、自然と宗子さんの豊かな身体つきにあこがれていたのです。それに宗子さんは愛嬌《あいきょう》こそあまりありませんが、どこか突き放したようなところに魅力がありました。私の家内が私に世話を焼き過ぎるので煩《うるさ》く思っていた反動でもあると思います。

栗山君は二日の晩に私の家に泊って三日の朝仙台行の列車に乗るといって出勤する私といっしょに家を出ました。そのときはべつだん私は何とも考えていませんでしたが、勤め先に出てから、今夜は栗山君は東京の家に居ないのだ、宗子さんだけが留守番をしているのだと思うと、宗子さんとだけ話してみたい気持が急に起って参りました。今まではいつも栗山君が横にいたので、彼女とゆっくり話合う機会はなかったのです。二人だけで話したらどんなに愉《たの》しいかしれない、そのときは自分の気持も宗子さんに打明けて、好意をもっていることを知ってもらおう、それですぐに恋愛を求めるわけではないが、親しい感情は持ってもらいたい、そういう気持だったのです。決して変な気持が起ったのではありません。

そう考えるとすぐに実行したくなり、家の女房に電話して東京に出張するからと云い、会社には私用が出来たといって午後から早退をしました。上野駅に着いて一時間ぐらい附近をぶらぶらし、タクシーで足立区西新井の栗山君宅の近くで降りたのが午後八時すぎだったことはこの前から申上げている通りです。

これも何回も申上げていることですが、栗山君の家は表戸が閉まっていました。私は、四、五回ブザーを押したのですが応答がないので、留守かもしれないと失望しました。けれど福島から折角来たのにこのまま帰るのはいかにも心残りでした。もしかすると宗子さんはもう寝ているのかもしれない、あるいは女ひとりで留守番しているので夜の訪問があっても応答をしないのかもしれないという欲目が出て、同家横の勝手口に行き、戸を開けようとしたが、もちろんここも閉まっています。そうなるといよいよ中に入って見たくなり、その辺に落ちていた釘《くぎ》だとか、石の尖《とが》ったのを使って何とか戸をこじ開けました。

中に入ると真暗です。でも、私はこの家にも何度か遊びに来たことがあるので内部の勝手は分っておりました。壁ぎわのスイッチを捺《お》すと電燈《でんとう》が点《つ》きましたから、私はリビングキチンから奥の座敷に入って行きました。四畳半、六畳、六畳という部屋を襖や障子を開けては見て回ったのです。もちろん無断ではなく、その都度声をかけて襖を開けたのです。私の指紋が家の中の到《いた》るところに付いていたのは、そういう次第です。蒲団はどの部屋にも敷いてありませんでした。

宗子さんの姿はどこにも見当りませんでした。私は留守にやって来たのです。私はがっかりもし、また、一面ではこれでよかった、非常識な面会の仕方をしなくて済んだ、というほっとした気持にもなりました。そのとき、裏の物置には行っておりません。どうしてそんなところに宗子さんが居ると想像しましょうか。私はもと通り電燈を消して、勝手口の戸を閉めて立去りました。もっとも内側から施錠《せじょう》することは不可能だし、戸をこじあけた跡はどうすることもできません。この戸に私の指紋がいっぱい付いていたそうですが、それはこじ開けるときにいろいろといじったからです。そしてその晩は上野近くの花房旅館という初めての旅館に泊り、翌朝六時四十分の急行で福島に帰りました。十時すぎに福島駅に着いたので、会社には十一時半に遅刻して出勤しました。

これは真実を申上げているので、隠している点は一切ございません。私のとった行動が非常識なために、私が宗子さんを殺したようなお疑いを受けておりますが、その点は私の心得違いで申訳ない次第です。けれど嘘《うそ》や偽りは絶対に申上げておりません。宗子さんは居なかったのです。裏の物置などには近づいたこともございません。私の指紋が物置の戸に付いていたでしょうか。刑事さんはそのことで私に何もおっしゃいませんから、私の指紋は付いてなかったのだと思います。私はそこに行ってないのですから、指紋がないのは当然です」

たしかに物置の戸には萩野光治の指紋は検出できなかった。だが、そのときは萩野は手袋をしていたにちがいないというのが一部の刑事たちの観測だった。部屋の襖などに指紋があるのは宗子を殺害する前だったから、用心をしなかったのだ。つまり萩野は最初から宗子を殺害する目的で入ったのではなく、情交を求めに入ったのだから指紋のことなどは気にかけなかったのだろう。しかし、宗子に抵抗され、絞殺してしまってからは殺人犯人なので、犯人心理として自分のポケットに入れた手袋をはめ、仮死状態になっている宗子を物置に運んだにちがいないという推定である。外は寒いから手袋はいつも持っていたであろう。しかし、この点について萩野は手袋の所持を否認した。

では、なぜ、宗子を物置に入れたのか。これも犯人心理として、犯罪の発見をなるべく遅らせようとしたにちがいない。これは顔見知りの者が犯人の場合に多いケースである。仮死状態の被害者を蘇生《そせい》させないようにもう一度決定的に絞めるのも顔見知りの犯行である。生き返ってしゃべられては困るからだ。萩野光治の場合がこれに当った。

　では、なぜ、萩野は仮死状態の宗子を自由にしなかったのだろうか。性犯罪には死後の姦淫がしばしば見うけられる。しかし、刑事たちの意見によると、それはいちがいに決められない。概していえることは、顔見知りでない、たとえば強盗とか痴漢とかの犯行にはそれが多く、生前交際のあった人間にはそこまでの残忍性がない。どうしても気が弱くなるらしいというのである。

　萩野犯人説の刑事が萩野の自供にもとづいてその矛盾を発見すべく裏付け捜査をしているときに、捜査本部に新しい情報が入った。栗山敏夫が一年前に妻の宗子に千二百万円の生命保険を掛けたというのである。受取人はもちろん亭主の栗山になっている。

　そのときの契約では栗山も同時に加入しているが、彼のはたったの二百万円。これはどうにも不自然で、申訳程度に入ったという感じである。

　もし、栗山が宗子を殺したとすると保険金目当ての妻殺しになるが、その期間、栗山は仙台に出張していたのであるから、この疑いから除外しなければならない。

　もっとも警察では、この保険の件の情報が入ってから栗山の生活を洗ってみた。競輪競馬の賭《か》けごとが好きである。歩合による収入があるから、普通のサラリーマンより外の生活が派手である。酒が好きで、高級バアにしか入らない。女にはモテるほうで、浮気は始終しているという噂《うわさ》だ。そういうことで、借金はかなりある。収入のある人間ほど負債を背負っているのと似ている。それがみんな遊びの金である。商売柄というか口がうまい。頭が低く、人の気持をそらさない。

これは妻の死の一年前に千二百万円の生命保険を彼女に掛けたことと対応する。夫婦仲は世間に洩《も》れるほど特に悪くはないが、格別にいいというわけではない。宗子は栗山が外で浮気をしていることは知っていたらしいが、そのことで騒動を起すような女ではなかった。そのかわり、夫の世話には無関心な妻だったようである。どうも夫に愛情をもっていたとは思われない。もともと温かい女ではなかったようだ。この点は萩野の供述と一致している。萩野は、そういう冷たい感じの宗子に魅力をおぼえたと云っているのだ。

だが、宗子には別に愛人がいた様子がない。これまで夫の出張中に静岡の妹の家によく遊びに行っていたことは事実である。栗山が出張と称して家を空《あ》けても、外で何をしているか分らないので、そのうさ晴らしもあったようだ。だが、宗子の外泊は静岡だけであった。その点、道楽者の夫に比べて貞淑な妻であった。

静岡の妹昌子というのは宗子より五つ下で、土地の高校の教師をしている。昌子は姉思いで、正直な性質という近所の評判である。それは面接した捜査員の印象でうなずけた。姉は今年になってから一度もうちに来ていないと断言した。二月半ばには来る予定になっていたから、栗山の仙台出張中とはいえ、一月末から二月初めにこっちに来るはずはないというのである。

六日に栗山から電話があって、宗子が一月末以来家に居ないようだが、そっちに行っていないかと訊《き》かれたときは、ほんとうにびっくりした。心配になって、すぐに東京に行こうかと云ったが、栗山はもう少し様子を見るまで待ってくれといった。その晩遅く姉の不慮の死を聞いたのだから、電話以来の不吉な予感が当って何とも云いようがないと昌子は云って激しく泣いた。

昌子が義兄の栗山の行状について何も知っていないのは、宗子がそれを洩らしてなかったからのようである。宗子も、やはり実妹には自負心を傷つけることでもあるので言いにくかったようである。

警察では、宗子が殺害されたのを一月三十一日と見ていた。それは二十九日の晩、栗山が出張先の山形県天童の温泉宿から自宅に電話して宗子と話したと述べているからである。裏付けをとってみると、たしかに二十九日の晩に栗山は旅館の帳場を通して東京の自宅の電話番号に申し込み、三分間の通話をしている。交換台でその線をつないだ女中は、最初に出た先方の声が「はい、栗山でございます」と云い、女中がご主人さまからですと告げると「ああ、そうですか」と答えたという。つないだあとの会話を女中は聴いてないが、たしかにあれは奥さんでないと云えない口調だと述べた。

だから二十九日の晩は宗子は生きていたのである。いや、二月四日の晩に帰宅した栗山の話によると一月三十一日附の夕刊から新聞が郵便受に溜《た》まっていたというから、宗子は三十一日の朝刊は読んでいたのである。げんに家の中を検証したときに、三十一日朝刊はリビングキチンのテーブルの上に読んだ形跡を残してたたまれてあった。

すると宗子が殺されたのは三十一日の朝刊を読んだあとから栗山が帰宅した二月の四日の夜十一時ごろの間ということになる。もし、萩野の自供を信じると、彼は三日の夜、栗山宅に忍びこんだときは宗子の姿は無かったというから、このとき宗子が裏の物置にすでに死体となっていたとすれば、時間の幅はもっと狭まり、三十一日朝から二月三日午後八時ごろの間ということになる。

この推定は、死体解剖所見の推定する死後経過時間ともだいたい一致する。しかし、重要なのは宗子が寝間着姿で殺されていることだ。三十一日附の夕刊は郵便受に残っていたのであるから、この寝間着姿は当然に当日朝の、まだ床を上げていない状態を意味する。すなわち、宗子はその朝眼をさまして朝刊を郵便受に取りに行き、リビングキチンのテーブルの上でざっと見出しくらいを見て、寝間着なので寒くなって着更《きが》えの前にもう一度床の中に入って身体を暖めたのであろう。冬の朝だとよくあることである。加害者の侵入はその直後だったのではないか。押入れの中の彼女の蒲団が、女にしては乱暴にたたんであったのは、犯人が宗子の死体の発見を遅らせるために、行方不明にしておきたかったからだろう。座敷に床が敷き放しになっていれば、いっぺんに宗子が家の中に残っていることが分る。

近所の聞込みでは、宗子はあまり近所づき合いがなく、どこか「とっつきにくい奥さん」という評判であった。だいたい東京の住宅地では近所交際がうすいのだが、とりわけ宗子は家の中に引込んでいることが多かったようである。だから四、五日の間宗子の姿が見えなくとも、だれも不審には思わず、第一、気にもとめていなかった。

栗山の家は片方が空地で、ガレージはその空地に面している。一方の隣の島田家は路地を隔てて、万年塀で仕切られ、隣家はその塀側を庭にしているから住居の建物とはなれている。また、裏側に当る北隣の河合家とはブロック塀が境となっていて、これまた隣家は塀の内側を庭にし、植込みまでしているので住居までには距離がある。前は二メートル幅の道路を隔てて、植田家と桜井家とがあるが、両家とも道路に煉瓦《れんが》塀《べい》がある。要するに、「音」を聞くためには非常に不便な環境ということになる。家庭のプライバシーを守るには好条件だが、ひとたび不運な事故が起った際は、それが変じて悪条件となっている。事実、近所では六日夕方、栗山の届出でパトカーがくるまでは何も知っていなかったのである。犯行時日と推定される一月三十一日には栗山家から「音」も「声」も近所は聞いていなかった。

五

栗山が宗子に千二百万円の生命保険を一年前にかけていたことや、その素行が判ってくるにつれて、どうも栗山がおかしいぞという声が捜査本部の一部に起ってきた。前から栗山に対する疑惑は本部の刑事たちの一派にあった。というのは、萩野光治の供述に真実性を認めたのである。

「裏の物置の戸に萩野の指紋がついていていない。家の中にいっぱい付いているのに物置だけに無いというのは萩野の云う通り彼は物置に行ってないのではないか。手袋をはめて死体を物置に運んだという説があるが、それならはじめ勝手口の戸を開けるときから手袋をつけていてよさそうなものである。萩野は手袋を持ってなかったといっているが、それは本当らしい。

萩野は、栗山宅に侵入したのは宗子と二人だけで語らいたかったと告白している。彼がそういう目的で入ったのなら、宗子の抵抗で首を絞めたあとでも意を達したはずである。これまでの事件例をみても、仮死状態中や死後の姦淫《かんいん》が非常に多い。ところが萩野はそれをやっていない。というのは、彼の云う通り、宗子が居なかったからである。つまり、萩野が侵入した二月三日の午後八時には、すでに宗子は死体となって物置に投げこまれていたということになる」

意見はそういうことであった。

家の中が少しも荒されてないから強盗の犯行ではない。実際、屋内の指紋は、栗山夫婦と萩野だけである。ほかによく分らない古い指紋があるが、古いのは事件に関係がないから除外してよかろう。

物置の戸には宗子の指紋のほか栗山の新しい指紋が付いている。これは当然で、栗山は六日の夕方に物置を探して宗子の死体を発見している。

萩野の線が消えると有力な容疑者は栗山しかない。ことに宗子にかけた生命保険の件や日ごろの素行が分ってくると材料は強くなってくる。

石子主任はこの説に傾いた。そういえば、交番に殺人を届出にきたときの栗山の態度について巡査の印象も、非常に落ちついていた、ということであった。留守中に妻が殺されたのだから、普通は取り乱していなければならない。交番の巡査は、はじめ道を聞きに来たのかと思ったくらいだという。これは少々不自然ではないか。
　栗山は二月二日の晩に福島の萩野の家に来て泊り、翌朝の列車で仙台に帰っている。だから二日の夜、東京の自宅に帰って妻を殺すことはできない。では、その日の前後はどうだろうか。
　捜査員が現地に行っての裏付け捜査では、一月二十六日仙台に出張して以後の栗山の行動は次の通りであった。
≪二十六日。上野発特急九時――仙台着一二時五八分。支店に顔を出して市内の得意先回り。夕方六時より支店の者と会食。十時、市内津川旅館に入り就寝。（確認）
二十七日。九時半に旅館を出て十時に支店。午前中支店で打合せ。午後市内回り。七時半ごろ同旅館に戻り、十時半ごろ就寝。外部からの訪問者なし。（確認）
二十八日。九時半に旅館を出て仙台発急行一〇時――一ノ関着一一時二三分。市内の得意先回り。午後六時ごろ市内竹本旅館入り。九時ごろ就寝。（確認）
二十九日。七時旅館出発。一ノ関発急行八時――仙台着九時三二分。仙台発急行一〇時〇六分――山形着一一時四四分。山形市内の得意先回り。山形発一八時四六分――天童着一九時一〇分。二見館入り。同夜八時半ごろ、旅館の交換台を通じ、東京

の自宅に電話約三分間。十時半ごろ就寝。（確認）
三十日。八時半ごろ旅館を出て天童市内の得意先回り。天童発特急一一時一六分——山形着一一時三〇分。市内得意先回り。六時ごろ紅花《べにばな》荘に入り、十時ごろ就寝。（確認）
三十一日。旅館を八時半ごろに出て、山形発九時五三分——寒河江《さがえ》着一〇時二八分。市内得意先回り。寒河江発一七時一五分——山形着一七時四七分。バスで蔵王《ざおう》温泉へ。若松屋旅館に入り、十一時ごろ就寝。（確認）
二月一日。旅館を十一時すぎに出てバスで山形駅へ。市内得意先回り。山形発急行一二時四二分——仙台着一三時四九分。支店に行き打合せ。午後十時ごろ市内青柳旅館に入る。（確認）
二日。旅館を九時ごろに出て、仙台発特急一一時一一分——福島着一二時〇九分。海産物商山下喜市方に行き、同家を二時半に出る。市内得意先回り。伊東電機商会に行き、午後四時ごろに出る。午後八時半ごろ市内××通りの萩野光治方に行き、同家に一泊。（確認）
三日。萩野宅を八時半ごろ、萩野といっしょに出て、福島発急行一〇時二一分——仙台着一一時五〇分。休養のため、仙石線で松島海岸見物、往復三時間。支店に三時

半ごろに入る。六時から支店の者と会食。十時半ごろ青柳旅館に入り、十一時半ごろ就寝。（確認）

四日。旅館を十一時四十分ごろに出て、仙台発特急一二時二〇分——上野着一六時一八分。午後五時半ごろ本社に戻り、社内の友人と新宿で十時ごろまで飲む。（確認）

五日。午前十時近く車で出社。外回りして午後八時二十分ごろ、浅草で映画を見て十時すぎに帰宅。

六日。午前十時車で出社。午後五時退社。妻の死体発見。届出》

——この表のうち《確認》とあるのは捜査員が東北に出張して、栗山の申立に裏付を得たもので、たとえば彼が回った得意先の話とか、仙台支店員の談話とか、旅館の話とかである。利用した列車は、彼の云《い》うままに記したものだが、彼には同乗者がいないから確認のしようはない。

また栗山は各地で列車の乗車時刻よりは一時間か二時間くらい早く宿を出ているが、これは市内を歩いて様子を眺め、各社の車の普及率など観測するためであったという。列車よりほかに利用の交通機関はないから、彼の云う通りであろう。各地の旅館に入った時間とか、得意先の訪問時間とかは間違いないので、列車の時刻表とこれは合致する。とくに雪の東北では長距離の営業車はない。

なお、宗子は一月三十一日午前中までは生存していたと思われるので、この行動表のうち当日以前は不要だといってよい。アリバイを検討するなら三十一日以降であろう。

こうしてみると、栗山が東北のいずれの地点からでも東京に戻って妻を殺し、再び東北に引返してくるということは不可能である。仙台からの飛行機の利用もあり得ない。飛行機の往復にとられる時間だけでも、各地の得意先回りや旅館に入った時間が吹きとんでしまう。

それでは、栗山が出張から帰った四日の夜の犯行としたらどうか。彼は新宿で社の友人らと飲み、十一時ごろに帰宅したといっているから、その夜の犯行だと思えなくはない。妻が居ないのに平気で五日はまる一日過ごし、六日になってやっと静岡の義妹の昌子に、そっちに行ってないかと電話で訊き合せているのは、不自然といえばかなり不自然な行動である。

しかし、それだと解剖結果による死後経過時間と合わない。鑑定によると、宗子の死亡は二月二日か三日ごろとなる。それ以前であっても、以後ではない。古手の刑事連のなかには、カンによる見込みと法医学的な所見とが喰い違った場合、法医学者の意見を無視したり、ひどいのになると嘲罵《ちょうば》したりするのがいるが、石子主任はそこまで非科学的な捜査方針は持っていなかった。被害者の死亡時については解剖医の意見に従う。

では、一月三十一日から二月三日までの栗山敏夫の裏付の取れた行動表を見よう。どの日をとっても彼が東京で妻を殺害する時間はあり得ないではないか。とくに三十一日は寒河江に行って蔵王温泉で泊った。一日は仙台に戻って泊った。二日は福島に行って萩野方に泊った。三日は仙台に戻り、松島を往復し、夕方支店の者と会食し、市内の旅館で寝た。——

情況証拠が山のように多くても、現場不在という一個の証明はすべての疑惑を雲散霧消させてしまう。

捜査は、使いふるされた言葉だが実感の響きをもつ「壁」の前に立った。

しかし、たとえ、小さくとも「機会」はいつもどこかにひそんでいるものだ。それが生かされるかどうかは当事者の感覚によるのだろう。

石子警部補が本庁に戻っているとき、強盗三人組がつかまってその取調べが行われていた。強盗は都内で盗んだ車を乗り回し各所に押入っていたのである。

車を盗む？ ……そういえば栗山は車のセールスマンだ。車には詳しいし、運転もうまいはずだ、と石子は思った。ガレージがないため路上に放置された車は多い。これが盗まれるのである。都内には毎日相当な被害件数が発生している。

たとえ栗山が東北で車を盗んだところで、裏付のとれている彼の行動に影響はない。その車を乗り回しても時間表通りの行動は不可能なのである。が、まあ、気休めにと思って、とにかく宮城県警をはじめ山形、福島両県警に問い合せてみた。すると、どの地方都市も車の盗難は多いとみえて、一月二十六日から二月三日の間には毎日のように被害が発生している。それだけ地方に車が普及したことでもあるが、未解決のものが半数以上である。盗難車はなかなか出てこないものだ。そのうち仙台市内の盗難届出は右の期間に毎日三、四件平均にあった。

このなかに、かりに栗山の盗んだものが入っているにしても、捜査事態に影響はない。車を盗んだところで、東京での犯行には役に立たないのである。

六

石子は、栗山の行動表を丹念に検討してみた。もう十回ぐらいそれを繰り返してきている。繰り返し繰り返し読むことで意自《おの》ずから通ずという言葉があるが、石子はここで今まで気づかなかったことをひとつ発見した。

栗山は三十一日に寒河江に行って山形に向い、蔵王温泉に泊っている。山形の市内得意先回りはこの出張で三度もしている。県庁の所在地だから得意先が多いにしても、なぜ寒河江市から米沢市に向わなかったのだろうか。寒河江よりは米沢のほうが人口もはるかに上だし、得意先も多いはずである。寒河江をやめるか、山形での回数を減らすかしてでも米沢に行くべきではなかろうか。素人《しろうと》考えではそう思える。

いや、素人考えではなかった。石子が捜査員に云いつけて岩崎自動車商会本社の営業部に聞き合させると、たしかに米沢市には特約店もあるし顧客も多いということだった。では、なぜ栗山は米沢に向わないで、山形から仙台に戻ったのだろうか。

ここで石子は、栗山が仙台に帰ったのは、二月一日に仙台に引返さなければならない用事が彼にあったのではないか、と思うようになった。

《二月一日。山形発一二時四二分、仙台着一三時四九分。支店に行き、打合せ。午後十時ごろ市内の青柳旅館に入り、十一時半ごろ就寝》

一日の栗山の行動は何の変哲もない。商売以外の意味はない。その商売上でも、その日に仙台に居なければならないという用件もなさそうである。といって個人的に目立った行動も見えない。

《二日。一一時一一分仙台発、一二時〇九分福島着。山下喜市方訪問。市内回り。伊

東電機商会を午後四時に出る。午後八時半、萩野方訪問。同宅泊り》

一日と二日の行動の間に商売以外の関連性はない。商売とはいえ栗山は実によく各地を回っている。歩合による外交はこういうものでなければなるまい。石子は感心したくらいだった。

この二月一日も二日も仙台では盗難車の被害があった。また福島市内にもあったろう。万が一、栗山が車を盗んだとしても、それを東京の妻殺しに役立てることは出来ない。すると、栗山が二月一日に仙台に居なければならないという必然性はなかったのだ。なのに、彼はなぜ米沢で商売をしなかったのだろうか。二日に福島に行く目的があったとしても、米沢から福島までは奥羽《おうう》本線で直通である。特急列車で四十分くらいだから、仙台—福島間よりは近い。

人の気持には「好み」というものがあるから、他人の理屈通りの解釈でゆかないことが多い。栗山が米沢に行かなかったからといって直ちに不審に結びつけることはできないにしても、何か事情がありそうである。この事情の推定がつかない。

栗山に疑いをかけている現段階では、彼に直接当って訊《き》くのは避けなければならなかった。それは周辺の情況証拠がもっと出てからでないといけない。

石子は、栗山が四日に帰京してからの行動にもう一度眼をむけた。その日は仙台から戻って午後五時半に会社に着き、新宿で同僚らと飲んで十一時に帰宅している。新宿で飲むまでは同僚らの証言があるから問題はない。

五日は朝九時五十分に会社に出て外回りをしたままで帰社せず、浅草で映画を八時二十分ごろから見て十時すぎに帰宅したと栗山はいっている。このへんの確認がうすいのに石子は気になった。

岩崎自動車商会に当らせると、栗山は午前九時五十分に出社したが、やはりすぐに外回りに出たままで帰社しなかった。外交員だからそれは通例である。

そこで捜査員が営業部の責任者に、栗山はその日どこを回ったのかと聞いた。外交員は翌日になって前日の外回りの報告《レポート》を出すことになっているからだ。その報告書では、栗山は五日の午前十時半に社を出て自分の車で栃木県の宇都宮に行ったことになっていた。宇都宮には岩崎商会の特約店があり、その店主と栗山は親しい。栗山もときどき宇都宮には応援に行っているから、これはふしぎでない。栗山の云う「外回り」とは宇都宮市を含んでいたのだった。

捜査員は宇都宮に行き特約店の店主に会って話を聞いた。それによると、栗山は午後三時半ごろに店に来て、店主と四十分くらい話をした。それは今後の販売方針の打合せで、その日は市内回りはしないですぐに東京に帰るといって出た。二月の午後四時はもう暗くなりかかっている。雪道でもあるし、栗山が車ですぐに東京に引返すのは無理もないので、店主は彼をあまり引きとめなかったという。車だと宇都宮から東京までは片道約三時間くらいはかかる。栗山が宇都宮の店を四時すぎに出たとしても、東京に入るのは七時ごろになる。しかるに彼は十時すぎに帰宅したといっている。

これは、どういうことだろうか。なぜ栗山は宇都宮行を「外回り」という表現でぼかしたのだろうか。宇都宮に行っていることは事実なのだから、どうしてありのままを云わないのだろうか。

これは当人の説明を聞く必要があるので、捜査員を栗山のもとにさしむけた。捜査員の報告は栗山の返事を伝えた。

(宇都宮には度々行っているので「外回り」には違いないからそういったのです。べつに商売上の詳しい行先を云うこともないと思いました。そのレポートはちゃんと会社に提出しています。宇都宮から都内に戻ったのはわり合いに早くて七時すぎでした。途中、車が少なかったのです。映画は浅草の××館に八時二十分ごろに入って一時間ほど見ました。車は路上に駐車させていました。帰宅したときが十時すぎでした)

捜査員の話では、栗山が述べる××館の八時二十分から終りまでの映画の筋は実際と合っていたという。また、交通局に問い合せてみると、たしかに五日の夕方の日光街道（宇都宮―東京間）は車が空《す》いていたことが分った。

しかし、栗山の最初の中立に少しばかり変なところがあったとしても、それがすぐには妻殺しに関係しない。宗子の死亡推定時間帯は配達新聞の件と、萩野の侵入を考え合せて一月三十一日午前中から二月三日の間である。それ以後ということは法医学的にあり得ない。

石子警部補が頭を抱えているときに、ある班の捜査員が一つの報告をもたらしてきた。

「主任。ちょっと耳寄りな聞込みを得ました。一昨日が二月十日で、栗山の家では被害者の初七日を営みました。まあ殺された日がまだはっきりしないけど、一応、女房の初七日を済ませたわけです。そのとき、静岡から被害者の妹の昌子というのもやって来ました。その式のあと、遺品《かたみ》分けが行われたのですが、そのとき、昌子は姉が持っていたウールのツーピースが欲しいと云い出したんですね。栗山は、あのツーピースはどこにあるのか見当らない、出て来たらあとで送ってあげるよ、と昌子にいったところ、昌子は、あれは姉が去年の秋につくったばかりだから家の中にないはずはない、姉の洋服ダンスか洋服函《ばこ》に入っているでしょう、わたしがさがしてみる、と云い出したのですな。姉が死んでしまえば、栗山との義兄妹縁が切れるわけですから、昌子も欲しいものは取りたいという気持でしょうね。それに対して栗山は、見当らないものは、いま探しても仕方がないよ、見つかったら送ってやるよ、と軽くいって相手にしなかったそうです。昌子はひどく不満な顔をしていた、とこれはその席に出ていた人の話ですが」

「ふむ。栗山がその女房の洋服をだれか好きな女にでもこっそりやったのかな」

「昌子はそう睨《にら》んでひがんでいるらしいです。初七日の前に、姉が去年つくった新しいやつを浮気の相手の女にくれてやったとね。この話、何か役に立ちませんか？」

「さあ、いますぐには何とも考えがつかないがね。宗子が殺される直前にでもそのウールのツーピースが行方不明になったというなら話が別だが、死んだあとじゃね」

「被害者もせっかくつくったツーピースをきて死ねばまだよかったのに、寝間着で殺されたんじゃ気の毒ですね。まあ裸よりはいいですがね」

石子が自分でいったようにその聞込みだけではすぐにその場で考えが浮ばなかった——が、刑事の何気ない最後の呟《つぶや》きが、刑事の去ったあとで警部補にひとつの暗示となった。

暗示から発展した考えは、

(宗子の新しいツーピースが家の中にないというのは、宗子がどこかに着て行って、

失《な》くしてきたのではないか）

というのである。

着て行って失くしたというのはおかしい。それでは行先で別な着ものと取りかえるか、裸で帰ってくるしかない。第一、そういう行先がどこにあったろうか。捜査では宗子には愛人も居ないし、とくに親しい友だちもいないから、着ているものを脱いで帰るようなところはなさそうである。行くなら静岡の妹のところだが、栗山の出張中にそこに行ってないことは確実である。

が、ツーピースの所在は別としても、栗山の留守に宗子がそれを着て外出したということはあり得るではないか。近所の聞込みでは、宗子が外出した話が出てこないが、ああいう無関心な住宅地だから、だれも気づいてなかったのかもしれない。ことに外の寒い季節である。どの家でも昼間から表を閉じて中に閉じこもっていたにちがいない。

七

思い違いというのは、たいてい出来上った概念に影響されることが多い。たとえば自殺や心中の多発する名所地での他殺死体は状況によっては自殺で処理されるかもしれない。自動車事故多発地帯での自殺運転は、車の事故で片づけられるだろう。敵の多い政治家の暗殺は、その政治的な死によってとかく個人的な原因が見落とされる。

石子は、宗子が去年つくったツーピースがなかったこと、死体が寝間着だったこと、「裸よりはいいですね」という部下の呟きに刺戟《しげき》されて脳の思考神経が活動した。

仙台—福島間は車で二時間くらいはかかるだろう。雪道だから、もう少しかかるかもしれない。二月二日、栗山は仙台発十一時一一分の特急で福島に行ったといっているが、青柳旅館を九時に出ている。彼はどの土地でも発車時刻より一時間か二時間は早く旅館を出ている。それは土地の様子を見て歩くためで、やはり商売の参考にしているのだという。

栗山が九時に仙台の旅館を出て、仙台に近いいずれかの場所に、前夜置いた車を取りに行ったとしよう。その車に乗って福島に向ったと仮定する。二時間半かかったとして福島市内に入るのが十一時半、三時間を要したとして十二時である。仙台発一一時一一分特急「やまびこ」の福島着は一二時〇九分である。栗山は福島市内の海産物商山下喜市方に十二時半ごろ現われているから、仙台から乗ってきた車をどこかに置く。それから徒歩で山下方を訪問すれば、たった今特急で着いた顔ができる。

その海産物商で栗山はライトバン一台の売込みに成功しているが、この商談に二時間かかっている。その店を出たのが午後二時半ごろだ。それから市内回りをして、最後の得意先の伊東電機商会を出たのが四時だといっている。あたりはすでに暗くなりつつあった。二月はじめの福島地方の日没は午後五時〇一分である。

ところが栗山が萩野の家に現われたのが八時半ごろである。最後の得意先の伊東商会から萩野宅に行くバスの所要時間をさし引いても二時間くらい時間が剰《あま》る。この時間、栗山は何をしていたのだろうか。

石子は、ここで栗山が萩野方に寄ったのは、福島を「中継地」にしたのだと推定した。彼は萩野の妻がすすめるままに同宅に泊ったが、無理にそこに泊る必要はなく、市内の旅館でもよかったのだ。ただ、福島に来て友人の萩野の家に顔を出さないでは不自然なので、寄ってみたまでであろう。だから、彼は萩野夫婦に向って出張から四日に東京に帰ることを強調した。

ところが栗山も予想しなかったことが起った。萩野が、栗山の出張を知り、その留守を狙《ねら》って宗子に「遇《あ》い」に東京の家に向ったことである。が、これは一時は捜査側を混乱させることで彼を利した。が、結局は萩野が侵入した三日の晩、宗子が家の中に居なかったことで栗山の犯罪を推定するのを助けた。

さて、栗山が萩野宅に行くまでの約二時間の余剰は、栗山に或《あ》る行動をさせるに十分な時間であったろう。彼は仙台から車で来て、福島市附近の人目につきにくい処《ところ》に置いている。雪の、引込んだ田舎道か空地にでも駐車させておけば、人通りは少ないし安全である。露天駐車はありふれている。

二時間もあれば、栗山は駐車した場所に行き、その車を運転して、福島よりもっと南の土地までに持ってゆくことができる。しかし、福島までの帰り時間を計算に入れなければならないから、それは片道一時間くらいのところだ。郡山《こおりやま》市の近くまでは行けるだろう。其処《そこ》の、やはり人目につかない、寂しい場所に車を放置して、福島への引返しは郡山駅からでも乗る。時刻表を見ると郡山発下り急行一八時四一分というのがあって福島には一九時二一分に着く。萩野宅には八時半ごろに入れるわけである。

翌三日朝、栗山は、出勤する萩野といっしょに彼の家を八時すぎに出ている。途中で萩野と別れ、駅に向う。仙台に行くのではなく、逆に上りのホームに出たのだ。八時二七分発の特急は郡山に九時〇一分に着く。

郡山近くに置いた車の南への移動は、どこまで行けるか。一時間以上かけると黒磯以南の西那須野《なすの》あたりまで運べる。そこで例によって車を匿《かく》す。西那須野下り一一時五五分発急行「まつしま1号」には十分に間に合う。これは仙台に一四時四八分に着く。栗山は午後三時半ごろに仙台支店に顔を出しているから、ちょうど時間が合致する。彼が一一時五〇分の列車で仙台について、気晴らしに仙石線で松島を往復してきたというのは虚言とみていい。彼の行動を見ていると、決してタクシーやハイヤーは利用していない。乗客の多い鉄道かバスである。ウソの証拠をとられないようにしているのだ。

四日、栗山は仙台から東京に帰る。この日は夜、新宿で同僚たちと飲んでいるので何ごともしなかった。

五日は、自分の車で宇都宮に行っている。そこの特約店を出たのが午後四時すぎである。宇都宮と西那須野間は約四〇キロだ。往復三時間余りだろう。これに宇都宮から東京までの約三時間を加えると、栗山が自宅に戻ったのは十時から十一時の間ということになる。浅草の映画は、六日の昼間にでも、夜の八時二十分からに当る番組のものをのぞいたのであろう。外回りなら、それくらいの時間は取れる。

その前の西那須野附近では、栗山はそれまで仙台から福島へ乗った車のトランクから死体を取り出し、これを自分の乗用車に積み代える。仙台で盗んだ車はそのまま放置したのだろう。しかし、彼は必ず手袋をはめていたにちがいないから、指紋は決して遺《のこ》していないであろう。その盗難車は他の者がまた盗まない限り、西那須野あたりにきっとある。

五日の晩十一時まえ、栗山は自宅に戻って自家用車のトランクから死体をとり出して物置に入れる。その前に、泥まみれのウールのツーピースを脱がせ、寝間着に着がえさせる。すでに死体は死後硬直が解けて軟らかくなっているから着更《きが》えは自在にさせられる。

彼女が仙台に着て行ったウールの洋服は雪に濡《ぬ》れ、車の埃《ほこり》だらけのトランクの中で汚され、連日の冷たい湿気で疲れ、皺《しわ》だらけとなっている。これをクリーニングに出しても直らないし、洗濯屋にも怪しまれる。栗山はこれを義妹に遺品《かたみ》分けすることができなかった。死体の腐敗が進んでないのは寒冷のためだ。車は雪道を走り、四晩も雪の中に放置された。車のトランクが冷蔵庫の役になっている。

宗子は物置の中に寝間着で横たわらねばならなかった。「夫の出張中、留守を守った妻」にしておかなければならないのである。一年じゅうどこかで起っているケースの一つとして、《留守居の妻絞殺さる》という新聞見出しの中に入るのである。読んだ者は、ああ、またかと思うだろう。妻のほうから遠い、殺される場所に出向いて行って、戻ってきたとはだれも思わない。

仙台の盗難車の古いライトバンが西那須野附近の藪《やぶ》かげで発見された。五日以来の降雪で、車の雪達磨《ゆきだるま》になっていた。二月一日、仙台市内で路上駐車中を盗まれたものである。車の中に栗山の指紋は無かった。後部荷台の中には物を引きずったあとがあった。

「二十九日の晩、君が山形県の天童温泉の宿から自宅にかけた電話の一部を旅館の交換台にいた女中さんが小耳にはさんでいたんだよ。君は、奥さんに二月一日に仙台にくるように云《い》ったんだね？」

石子は栗山にいった。これは取調官の詐術《さじゅつ》である。西那須野で発見のライトバンのことでも攻めたあとだった。

「それにしても、よく奥さんが東京から仙台にやってくる気になったね」

「たいへん重要な用件ができたから、一日に仙台に来いといったんです」

自供をはじめてから栗山は泣いていった。

「ぼくが会社の金を競輪や競馬で費《つか》いこんだことがばれたので、すぐには東京に帰れなくなった。至急に善後策を相談したいからといったんです。仙台に着く列車の時間も指定しました。上野発一五時の特急『ひばり9号』です。仙台駅には一八時五八分に着きます。ぼくは五時半ごろに路上に駐車していたライトバンを盗み、それに乗って、駅前で待っていました。それから旅館に行くといって宗子を乗せ、南の名取《なとり》市あたりまでは国道を走り、それから西側の県道に入って山のほうに向いました。山麓《さんろく》からは村道になりました。雪が深いのでそれ以上は行けませんでした。八時半ごろでした。だれも通っていませんでした。人家も遠いのです。わたしは宗子に、費いこんだ金の弁償もできないし、刑務所に入って将来が滅茶滅茶《めちゃめちゃ》になるよりは、ここで夫婦で心中しようといいました。そうして、家から持ち出してポケットに忍ばせておいた彼女の腰紐《こしひも》をとり出したのです。……宗子のツーピースは鋏《はさみ》できれぎれに細かくしたあと、六日の昼、晴海《はるみ》の海岸に行って、海に撒《ま》き散らしました」

小説　3億円事件

「米国保険会社内調査報告書」

一

ニューヨーク。——

スミス火災海上保険株式会社査定部（クレーム・デパートメント）。H・S・スチムスン部長宛《あて》。

東京　G・セーヤーズ発。

1975年12月10日。

本日午前0時をもって、1968年（昭和43年）12月10日午前9時20分東京郊外で発生せる294、307、500円の盗難事件の時効は成立した。東京の各紙朝刊は一斉にフロントページに大見出しをつけてこれを報じ、社会面は2ページにわたってその事件の回顧を掲げているが、日本人の大半は、たいそう出来のよいミステリアスなドラマが予定の時間に終了したベルの鳴り渡る音を聞く思いで、衝撃のかわりに感慨に耽《ふけ》っている。

セーヤーズ私立探偵事務所長であるわたしが、貴社よりこの世紀的な巨額の強奪事件――日本人の言う「3億円事件」の調査依頼を正式に受けたのは約1年半前であって、貴社はこの事件が当時すでに解決に至らないことを予想されていた。すなわち、日本火災海上保険会社はその加入契約によって日本信託銀行に支払った被害額約3億円を国内20社の保険会社に再保険をなし、これを日本側はさらに、貴社をはじめアメリカの保険会社数社に再保険をなしていたため、アメリカ側は約50万ドル（注、3億円は当時の円交換レートで約83万ドルだが、再保険を分担した外国保険会社の負担額はその$\frac{2}{3}$だった）を損失し、よって貴社がアメリカ各保険会社を代表して事件の独自調査をスチムスン査定部長の名でセーヤーズ私立探偵事務所に依頼されたものである。

よって、わたしは所員ジム・フクダ（日系アメリカ人）を助手兼通訳として帯同し、去る8月10日に来日して、それより現在まで東京の西にあたる新宿のPホテルに滞在し、ここを臨時の事務所兼宿舎としている。

新宿を択《えら》んだ理由は、ここが東は、日本の保険会社の本社が集っているビジネス・センターにほぼ10キロであり、警視《メトロポリタン・ヤード》庁を含む官庁街もその地域にあり、西は、盗難事件現場の府中市にほぼ20キロの距離で、つまりここが双方地点の中心であるからである。

東京に着くとわたしはすぐに調査の助手として日本人3名を臨時に雇用した。これは各保険会社の推薦せる約20名をわたしが面接して撰《えら》んだものである。

さて、10月半ばから東京の各新聞は突如とし3億円事件捜査の新展開を報道しはじめた。時効成立にあと約50日を残すころになってからである。警視庁にはこの犯罪に関する有力な新しい目撃者たちがにわかに殺到したようであった。ドラマがフィナーレに近づくと、思いもよらぬところにドンデン返しが設定され、観客の昂奮《こうふん》をいっそう華麗に昂《たか》めるものである。わたしはいかなる幕切れになるのかと、練達の劇評家でも予想がつくまいと思われる成行を息を呑《の》んで見まもっていた。といっても新聞の上だけだが。もちろん記事をジム・フクダがていねいに翻訳してくれたものだ。

同封の略図を一覧されたい。

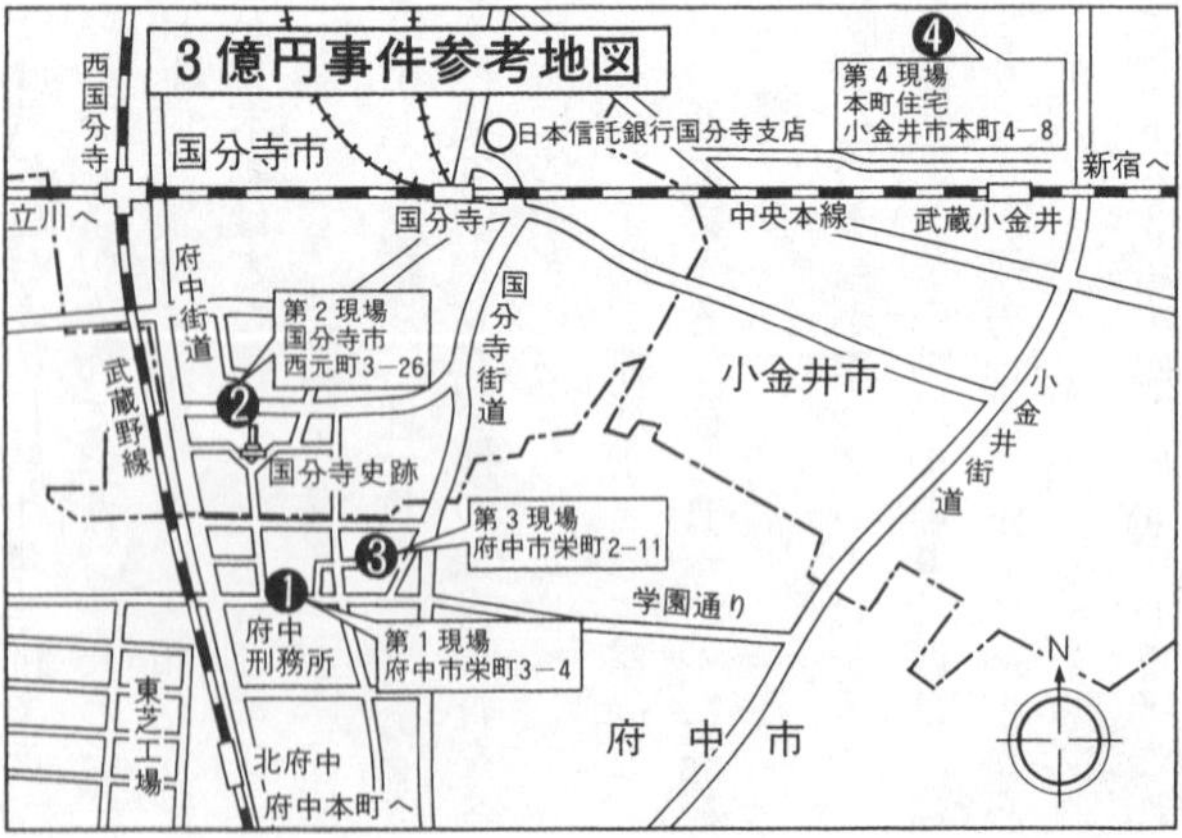

まず、事件発生の府中市と西に隣合う日野市の甲州街道で事件当日未明、犯行に使用されたニセ白バイが駐車しているのを見たとの新証言があらわれ、これに活気づいた府中署の捜査本部は日野市の北部と西部を絨緞《じゅうたん》捜査することになった。この地域は、これまでの捜査の空白地帯となっていたという。

空白地帯？

わたしはジムの誤訳ではないかときいた。6年前、日本からアメリカにきて市民権をとったジムは日本の大学教育を受けているので新聞記事を読み誤ることはないと明答した。

しかし、おかしいね、その隣にある小さな地域は最初の段階で捜査が完了していたのではなかったのかね？　こんどニセ白バイの目撃証言者があらわれるまでもなくね。そこが〝空白地帯だった〟とはどういうことだろうね、ジム。

事件が起ってから満7年に近づき、これまで投入した捜査人員は延べ約12万人、捜査費用は被害額の3億円の3倍にも達しているというのに、これはおどろくべき初歩的な手落ちであった。日本の警察は世界一捜査能力にすぐれているとの定評であるが、しかし、あるいは有能者にしばしばみられる精神的空隙《くうげき》かもしれないと思った。

11月13日には、事件当時、アメリカ空軍基地のある立川市に住んでいた青年（現在

25歳）が事件に関連のある有力な人物として浮び上り、捜査本部はその青年を他の容疑で逮捕すべく、旅行先の外国警察に彼の行動の監視を依頼したと大きく報じて、わたしをおどろかせた。が、記事には渡航の前にその青年は弁護士と共に警視庁に出頭し外国に旅行することを話して出発したとある。彼は1966年（昭和41年）ごろ車窃盗《せっとう》を常習としていた不良青少年の集団「立川グループ」に属していて、事件のあと都内に移り、数年後から大金を動かして都内に喫茶店、不動産会社などを経営していたものである。が、彼は以前にも捜査の対象になっていて事情聴取を受けたが、大金の出所についても明瞭《めいりょう》に答え、捜査側もその一部を確認していた、と記事自身が言っている。

日野市での目撃者のことといい、この青年のことといい、新しい材料のようではあるが仔細《しさい》に見るとこれまで捜査本部のファイルに綴《と》じこんだ情報の一つにすぎないことがわかる。日野市の場合は、そこにある自動車工場の門前で挙動不審な30歳ぐらいの男が立っていたとの通報は事件直後に入っていたが、当時は確度の低いものとして本部が斥《しりぞ》けていたものだった。もっともこうした情報はおよそ一万数千件にも達していたから捜査側の調査にも限界があり、したがってその査定にも精粗があろう。

これは時効成立前に捜査側が行なっている終幕の儀式《セレモニー》だね。

わたしはジムに言った。ジムは賛成し、日本には、燃え尽きる前の蠟燭《ろうそく》は最後になって一段と輝きを増すというプロバーブ（ことわざ）のあることをわたしに教え、しかし、これは人工的な蠟燭の輝きだと言った。

しかし、どのように当局が時効入り前の儀式をとり行おうと、われわれには事件の真相をできるかぎり調査しなければならぬ使命がある。それは犯人を突きとめ、その者に貴社はじめアメリカの保険会社数社が負担した約50万ドルの損失の賠償をさせるためである。この民事訴訟の有効期間はあと13年間もある。

この強奪事件によって日本の保険会社に対して莫大《ばくだい》な保険金が貴社はじめアメリカの保険会社数社から支払われて以来、貴社はこの事件捜査の推移を熱心かつ注意深く見まもってこられたのであるから、ここにあらためて時効成立までの経緯を書くまでもないが、念のためそのポイントと思われるところを記すことにする。

発生以前の現象としては、68年（昭和43年）4月25日から8月21日の間、府中市内で11件の脅迫状と脅迫電話ならびに放火予告電話事件があった。

多磨農業協同組合に300万円ないし400万円を要求する脅迫状5回、多磨駐在所に放火予告の通知状、市民への脅迫状（放火）2件、駐在所に爆発物を仕かけたとの脅迫電話ならびに放火予告の脅迫状。

多磨農協への現金要求は、4月、5月、6月（14日）、7月それぞれの25日で、これは東京芝浦電気府中工場の給料支給日、駐在所宛ての脅迫状の放火予告日、8月23日も同工場の給料支給日である。

さらに脅迫状（多くは片カナ）が現金持参を指定した時刻は、いずれも午前9時5分から15分の間で、これは12月10日に起った3億円強奪と同一時間帯であった。

3ヵ月あまりの沈黙ののち、12月6日に、東芝工場と取引関係のある日本信託銀行国分寺支店長あてに爆破予告の脅迫状が送られた。内容は「300万円を女子行員に持たせてこなければ巣鴨《すがも》の支店長宅を爆破する」とあった。

これら一連の脅迫状は、筆跡、カナづかい、タイプ印刷のような区切り、文章の類似などによって同一人物によるものと判定された。

これとは別に、67年（昭和42年）12月13日から68年12月9日の間に車と付属品の盗難があった。

67年12月13日または14日。東京保谷《ほうや》市の〝ひばりが丘〟団地近くで「プリンス」車1台盗難。（1年4ヵ月後に、小金井市の本町住宅内で発見）

同年同月25日または26日。府中市の晴見町団地近くで、「クラウン」車のシート盗難。（1年4ヵ月後に本町住宅内で発見）

68年8月13日または14日。〃ひばりが丘〃団地内で「ブルーバード」車1台盗難。（翌年、本町住宅隣の公務員住宅内で発見）

同年8月21日または22日。小平市B・Sアパート下で、「プリンス」車1台盗難。（翌年、本町住宅内で発見）

同年9月10日ないし11日。府中市晴見町団地で「スバル」車のシート盗難。（翌年4月9日、本町住宅内で、3億円強奪事件に使用された逃走用「カローラ」車にかぶせてあったのを発見）

同年11月9日午前5時40分、八王子市石川町で「ホンダ・ドリーム」オートバイ1台盗難。（翌年4月に公務員住宅内で発見）

同年11月19日ないし20日。日野市平山団地で「ヤマハ」オートバイ1台盗難。（3億円強奪事件の偽装オートバイに使用）

同年11月25日ないし26日。日野市多摩平で「コロナマークII」のシート盗難。（翌年3月、本町住宅内で発見）

同年11月30日または12月1日。日野市平山団地近くで「カローラ」車1台盗難。（3億円強奪事件に銀行の現金輸送車の監視と尾行用に使用された。事件当日、第3現場で発見）

同年12月5日または6日。日野市多摩平団地で「カローラ」車1台盗難。（翌年4月

9日、本町住宅内で発見。第2現場より逃走用に使用)
同年12月8日または9日。日野市平山団地内で「スバル」車のシート盗難。(3億円強奪事件の白バイにかけてあったもの。第1現場に白バイとともに遺留)
——以上見るように、強奪犯人の逃走用を含め、盗難車や盗難シートは小金井市本町住宅内で発見されているのが圧倒的に多い。まるで本町住宅は犯人が盗んだ車のゴミ捨て場のような感じである。
捜査当局は、脅迫状・脅迫電話と、車関係の盗難とは、輸送現金の強奪と同一犯人によるものと判断した。
つまり、脅迫は強奪実行を容易にするための事前の雰囲気《ふんいき》づくり、車の盗難は奪った現金3億円の運搬用と、犯人の足というわけである。
次に、事件と捜査経過とを、捜査当局から発表されたもののうち、要点だけをそのまま翻訳に付す。
強奪事件発生は12月10日午前9時20分であった。直後の同25分、現金輸送車(黒のセドリック)に乗っていた日本信託銀行国分寺支店員の一人はまず、同支店次長に急報した。輸送車が白バイに止められダイナマイトが仕掛けてあると調べられたから現場に来てほしい、という内容であった。同31分。次長がこの内容を警視庁と直結している緊急電話のダイアル110番にかけて報じた。それが捜査当局が、事件を「覚知」した時刻であった。

　犯行の状況が明らかになったのは再度の110番による。それは約10分後で第8交通機動隊員の巡査部長からであった。たまたまパトカーで現場を通りかかったと記録にある。

　犯行の状況は次のようなものだった。

　現金輸送車が府中刑務所裏にさしかかった時、後ろから来た白バイが停止の合図をした。関谷運転手が応対のため車の窓をあけた。白バイの男は、

「日本信託の車ですね。巣鴨署（あるいは小金井署と言ったか）からの緊急連絡できました。いま巣鴨の支店長宅が爆破されました。この車にも爆発物が仕掛けてあるから、中を見てください」

　と言った。輸送車に乗っていた4名も支店長宅への脅迫状を知っていたので不安になり、車から降りて点検。この時、発炎筒の煙と共に「バクハツするゾ」という声がしたので、4人とも後方に走って物陰にかくれた。この間に白バイの男が輸送車を奪って逃走。折から偶然に通りかかった対向車の自衛隊の車は青い火を見て隊員が消火器を持って降りてきたが、犯人が叫ぶ「爆発」の声にあわてて車内に戻った。

事件当日の手配は、強奪事件発生24分で、全体配備をした。これは日本信託銀行の現金輸送車がセドリックであるため、セドリックのみの手配であった。が、あとで分ったように、犯人はそのときすでにカローラに乗りかえていたから、この手配は無駄であった。

午前10時18分にその現金輸送車が、ニセ白バイに欺《だま》されて現金3億円を奪われた府中刑務所の塀《へい》前（第1現場）からほぼ北方直線距離で約1キロの人家の少ない原っぱに乗り捨ててあるのが発見された。車内からは現金を詰めたジュラルミン製の箱が消えていた。この現場は、古代の寺院の遺跡で国分寺史跡とよばれている（第2現場）。

空っぽの輸送車の発見で、犯人が他《ほか》の車に乗りかえたことが分ったので、午前10時32分に全車輛《しゃりょう》の検問が都内と、それに隣接する各県に指令された。

それより3時間半後の午後2時2分には全体配備が解除された。これは3時間以上も経過して不審な車が検問にひっかからなかったのでは、もはや犯人の逃走車は発見不可能とみたからであろう。

午後4時に、府中署に3億円強奪事件特別捜査本部が設置された。

同5時ごろ、主のないカローラ車が府中市栄町の空地で発見された（第3現場）。そこは国分寺街道から15メートルほど入ったところで、近くの人が駐車場代りに使っていた。近所の人の話では、この車は朝のうちはまだ見あたらず、午前10時ごろから止っていたという。車のそばには、白と茶色の格子《こうし》縞《じま》で、表が紺のコートが落ちていた。コートの両袖《そで》は裏がかえっており、あわてて脱いだときの「蛙脱《かえるぬ》ぎ」の状態であった。車のトランクには、折りたたみの傘の袋がはさまっていた。この車は発見の順序からいって「第1カローラ」と捜査側は呼んでいる。またこの車は前記の11月30日または12月1日に日野市平山団地近くで盗まれたものだった。

刑事たちの聞きこみは次のとおりだった。

10日午前6時ごろ、第3現場（栄町の空地）の路上で、シートをかぶせたままのオートバイがエンジンの音を鳴らし、そばに黒っぽいレインコートをきた男の後姿があった。激しく降る雨の中だった。これは牛乳配達人の目撃である。

7時5分、この空地に駐車している自分の車をとりにきた近所の男があったが、彼はオートバイにはエンジンがかかってなく、したがってその音を聞かないからオートバイにも気がつかなかった、と言っている。

8時10分ごろ、第2現場（国分寺史跡）から車が出るのを二人が目撃した。

8時25分ごろ、第3現場に車種未確認の車が入る。このときの目撃者は一人だった。シートをかぶせたオートバイの置いてあるところである。

同45分、現場わきにある家ではオートバイのエンジンの始動音を聞いている。

同55分、その空地から中型の乗用車（車種未確認）がとび出して国分寺方向に走り去るのを車で通行中の大学職員が見た。やはり雨の中である。

これらの目撃者の証言によって犯人の足どりを捜査本部は以下のように推定した。

犯人は、事件の直前、まず空地（第3現場）にエンジンをふかしたニセ白バイをセットし、日本信託銀行国分寺支店のまわりにカローラで行き、現金輸送車を確認した。輸送車が国分寺街道から学園通りへ右折するあたりで、犯人はこの間道を利用した空地でニセ白バイに乗りかえ、学園通りに通じる間道の出口で現金輸送車の通過を待ち伏せし、これを確認、輸送車のあとを追って行き、刑務所裏でこれを追い越して、停止を命令した。このとき犯人は追跡を急ぐあまり、シートをオートバイにひきずっていた。

現金輸送車のセドリックを強奪すると、犯人は全速力で学園通りから府中街道を右折、約二キロはなれた国分寺史跡（第2現場）にむかった。国分寺史跡は高さ1メートルほどの笹《ささ》がしげり、近くの人もほとんど寄りつかない寂しいところだが、その途中、幼稚園児を送って帰る主婦三人が、反対側からフルスピードでくるセドリックに頭から泥をあびせられている。

国分寺史跡に犯人は逃走用の別の車を前もって配置しておいて、輸送車から現金トランクを積みかえて逃走した。

事実、このときも登校途中の高校生が7時40分ごろ国分寺史跡内を通ると、左側の墓の入口に濃紺色のカローラが止っていたのを見ている。近くに人影はなかったと証言した。捜査本部で調べたところ、墓地の入口には43年型のカローラのタイヤ跡が残っていた。さらに9時30分ごろ、この近くに住む人の車が、国分寺街道に出る手前200メートルくらいの地点で、右横から出てきて右折しようとしてハンドルを切りきれずにいる車を停止して待った。これが現金を積みかえて逃走中の犯人の車と推定された。

調べによって、この車は1年前の12月5日から6日にかけて日野市多摩平の公団住宅に住む会社員が団地の駐車場から盗まれたもので、そのナンバーは「多摩5ろ3519」であった。

その結果、本部では、第3現場の濃緑カローラは、犯人が現金輸送車が出てくるのを確認してオートバイに乗り移るまでの「犯行前の足」、第2現場の濃紺カローラは、奪った輸送車から現金を積みかえて逃げるのに利用した「逃走の足」だったと考えた。むろん犯人が事前に計画してこの2台のカローラを配置したものとみた。

逃走用に使用した車は長らく分らなかったが、事件発生から5ヵ月経《た》った翌年の69年（昭和44年）4月9日に、本町住宅団地の駐車場でシートをかぶせて置かれたままになっている濃紺のカローラ（多摩5ろ3519）が発見された。発見順序で、府中市栄町の空地に放置されてあった車「犯行前の足」を第1カローラ、本町住宅団地発見の「逃走の足」を第2カローラとよんでいる。

本町住宅の駐車場には、前に記したように前年の12月から事件発生前の11月26日にかけて盗難にかかった車が2台と、車のシート2件とが放置されていたところで、しかも発見はいずれも69年の3月ないし4月であった。67年12月にひばりが丘団地近くで盗まれたプリンス車は実に1年と4ヵ月も本町住宅に放置されていたことになる。

これを団地に住む人々の無関心に帰す説が多い。眼が多すぎても関心がなかったというのである。それも一理はあるが、眼の多い場所に、まさか犯人が盗難車を置きにくることはあるまいという心理的な盲点もあったのであろう。とくに第2カローラの場合、血眼《ちまなこ》になって「多摩5ろ3519」をさがし求めている捜査員も、本町住宅駐車場に、シートをかぶせたままとはいえ、長いこと置き放しになっている車に近づきもしなかった。車のセールスマンが見つけなかったら、発見はもっとおくれたかもしれない。

わたしは、盗まれた重要な手紙のかくし場所が、実はだれでも目につく手紙入れだったというE・アラン・ポウの『盗まれた手紙』をここで思い出す。人間心理の盲点を言う場合よく引用されるこの小説を、犯人が読んでいて、それを応用したのか、それとはまったく無関係に結果が偶然に一致したのかどうかはわからない。おそらく後者であろうが。

もしかすると犯人は、前に盗んだ車2台とシートとがいつまで経っても本町住宅の駐車場に置かれたままになっているのを見て、逃走用の第2カローラの最後の置き場所を此処《ここ》だと決めたのではなかろうか。この場合は、その意図以上にうまくいっている。

問題は、その第2カローラがいつごろから本町住宅に置かれていたかということだが、団地居住者の一人の証言で犯行前日の夕方にはそこになかったこと、ならびに11日の午前中にたまたま上を飛んでいた自衛隊偵察機が撮影した俯瞰《ふかん》写真にシートをかぶせた車が写っていたことから、犯人は第2現場の国分寺史跡から少なくとも翌朝までにこの本町住宅に来て、これまでの「逃走の足」を遺棄したことがわかった。

この第2カローラには輸送用のジュラルミンのトランクが、後部座席に三個積み重ねて置いてあったが、中の東芝府中工場の4、523人に支給されるボーナス、294、307、500円はもちろん消えていた。これは銀行で現金を仕分けして各従業員宛《あて》の袋に詰めていたもので、したがって4、523袋あって、それがまた職場ごとにまとめられていた。100万円の札束をバラで詰めてあるよりも、積み替えははるかに楽であったろう。

もし犯人が一人で、堅実な人間で、毎月1袋ずつを開封してその月の生活費に当てるとすれば、かなり贅沢《ぜいたく》な暮しがまさに350年間もつづけられる！　貨幣価値の変動を考慮すれば、この「贅沢」には注釈を要するが。

ところで、犯人は本町住宅内で駐車した第2カローラから、すぐにジュラルミン・トランクの中の現金をとり出して、他の車に積みかえて逃走したと考えられる。その車はわかっていないからX車とよぶほかはない。

そうだとすれば、犯人のやりかたからみて、X車は前もって同住宅駐車場に配置されていなければならない。しかし、それらしい車をそこで見たという証言はない。また、現金の積み替え作業やシートをかぶせたカローラの傍《そば》から出て行ったX車を目撃した者もあらわれない。

捜査会議に出た「犯人の条件」は次のようなものであった。

①土地カンのある者。②自動車・オートバイの運転技術にすぐれた者。③東芝府中工場、日本信託銀行国分寺支店にカンのある者。④内向性で閉鎖的傾向、粘液質で自己顕示型。——

①②には異論はない。問題は③である。これは犯人が東芝のボーナスの支給日を知っていたこと、それが日本信託銀行から当日午前9時すぎに現金輸送車に積まれて出発することを知っていたことから、内部事情に詳しいとみて、東芝工場と銀行とに視点がむけられたのだった。

しかし、これはあとになって稀薄《きはく》となった。というのは、銀行支店の近所の人々ならだれでも、東芝の給料やボーナスがいつもその日の何時ごろに輸送車に積まれて銀行前を出発するかを「慣例」として知っていたからである。付近の住民みんながそのことを知っていたのだったら、それは他の多数の人間の耳にも入っていることだろうから、東芝工場と銀行内部という特殊性はなくなる。銀行から東芝工場への月給、ボーナス運びは、近くの人々の眼には日常的な平凡な行事であった。ただ、その現金運びの行事を伝聞した多数の人間の中に犯人がいたことはまず間違いない。

犯人像のモンタージュ写真については、あらためてふれる必要はなかろう。襲撃された運搬車の銀行員3名と運転手による印象的証言から警視庁が美事な技術で合成したものだが、それによると、犯人の顔は楕円《だえん》形で、眼が切れ長で、鼻筋が徹《とお》り、うすい唇をしている。年齢18歳から24、25歳くらい、どこかおさな顔を残したハンサムな若者という感じである。このような感じの若い白バイ警官は、東京を歩いているとどこでもお眼にかかる。

ただし、このモンタージュ写真は、ポスターによって民衆（国民といってもよい）がよく馴染《なじ》んだにもかかわらず、あとになって捜査本部内に異論が出た。それは、咄嗟《とっさ》の間の目撃者の証言は当てにならないうえに、犯人はヘルメットと幅の広い顎紐《あごひも》で顎の下部までかくしていて、ほとんど顔の半分もあらわれていない。のみならず、警官という服装《ユニフォーム》に気をとらわれすぎているというのである。これはまことに説得性のある意見と思われる。

G・K・チェスタートンに『見えざる男《インビジブル・マン》』という短篇《たんぺん》がある。ある家にくる重要な訪問者を、探偵が外で見張っていたところ、一人の訪問者もなかった。実は、その者は郵便配達人に変装して来たため、探偵の眼にはそれが訪問者とは映らなかっただけだった。駅員、警備員、ホテルや食堂のボーイやコック、運転手、警官などはそのユニフォームのせいで、たしかにインビジブル・マンの中に入るだろう。

犯人像がよくとれないのにくらべて、その遺留品はおどろくべき多数であった。カローラ、オートバイをはじめ小さなものまで入れると実に60余点にものぼる。このことは、捜査本部を早くも楽観的な気分にしたにちがいない。いま、批判の声が出されている初動捜査のミスも、たしかにこの当初の楽観的気分と無関係ではあるまい。

しかし、その遺留品の大部分が盗品であり、その出所が犯人と直結できなくなった段階に来て、捜査本部は狼狽《ろうばい》し、動揺した。わずかに犯人のものと断定できるのは、襲撃の第1現場（刑務所裏）に落ちていた古い鳥打帽子《ハンチング》と、第3現場（府中市栄町の空地、オートバイが設置され、第1カローラと思われる車が出入りしていた場所）に袖が裏返しになって落ちていたレインコートの2点と、ニセ白バイにとりつけてあった赤色燈《とう》とバンド、ナショナル製スイッチ、書類入れに見せかけたクッキーの空罐《あきかん》、ペンチ、ダイナマイトにみせかけた発炎筒などのこまごました「買物」の6点だけであった。しかし、これら犯人自身の遺物も、犯人の身辺には届かなかった。はじめ予想された事件の早期解決の線は、うすいガラスの管のように粉々に砕かれた。

こうした捜査の進行のなかで、もっとも精彩をはなったのは警視庁の科学技術者たちであった。たとえば、犯人が輸送車を乗取るために行員らを退散させる目的で焚《た》いた発炎筒の中に残る炭化した紙を、雑誌（日本放送出版協会発行の「電波科学」1968年7月号）に掲載されたテレビの配線図の一部と判明させたり、犯人が警官を装《よそお》うために持っていたトランジスター・メガホンから採取した幅3ミリ、縦15ミリの新聞紙片の端にのぞいた逆L字形の活字の一部を「品」と判定してその新聞名を割り出したりしたごときである。これは、そのほんの一例である。科学検査のことは、この報告の記述がすすむにつれ、遺留品に関して必要のつどふれることにしよう。

捜査本部の推定した犯行計画は、犯人は輸送車に爆発物がしかけてあるという言葉に迫真性をもたせるため、その伏線として事前に農協、駐在所、信託銀行、同支店長宅其他に対してそれぞれの爆破予告の脅迫状と脅迫電話を執拗《しつよう》に行なった、というのである。したがって各所への脅迫と、輸送車の強奪とは同一犯人（それが単独か複数かはともかくとして）とみた。

つまり、ニセ白バイに乗って輸送車に近づき「この車にも爆発物が仕かけてある」といったり、発炎筒を路上に投げたりする3分間の行動を基点として、それにさかのぼる8ヵ月前からその効果のために、10回にわたる脅迫がなされた、というのが捜査本部の推定であった。

本部の当初の総員は86人であったが、翌69年2月には約200人という最大の構成となった。捜査が壁につきあたっている70年の夏でも80人であった。それが71年の冬には45人に激減し、また72年には総員が20人となった。このときからアメリカの

FBI方式を採用した。捜査本部の変容は、発足時から現在にいたるまで11回にわたった。その苦悩が眼前に浮び上ってくるようである。

捜査本部では最初、犯人の複数説をとった。数々の脅迫状と脅迫電話はのちの実行のための「陽動作戦」とし、いよいよ強奪の実行に当っては2台の乗用車とオートバイとを自在に駆使した。しかもそれらの車も装置もほとんどが盗品であった。また、それぞれの役割りに応じた三つの現場における車やオートバイの配置、正確で機敏な連絡と機動性――これらを考えると犯人複数説をとるのは当然であったろう。

被疑者の圏内には、さまざまな職種の人間が入った。車窃盗《せっとう》の常習犯、不良運転手、オートバイを乗りまわして遊ぶ非行青少年のグループ、東芝工場の退職者、退職警官などがそうだった。

このうち退職警官に疑いをかけたのは、その犯行の特徴からである。現金輸送車に乗っていた行員と運転手とは「犯人の白バイ警官ぶりがいかにも馴《な》れた様子で、その訓練をうけた者という印象」を強調した。

が、なによりもその疑惑が濃厚なのは、60余点の遺留品があるのに、犯人のつけていた白ヘルメット、制服、長靴（かと思われる）が遺《のこ》されていないことだった。これはまったく特異な現象である。しかし、その意味は簡単である。いうまでもなく、これらは警察の貸与品であるから、貸与品なら現場に遺すわけにはゆかない。——そこから退職警官説は、現職警官説に上昇した。捜査本部は公式には発表を渋ったが、現職警官が現職警官の身辺を捜査するといった状態があった。

こうしたなかで、注目してよい状況が一つ起った。それは強奪事件が発生した1週間目の1968年12月17日の朝、三鷹《みたか》市で、22歳の若者が自殺したことである。彼はその日の未明に青酸カリを紅茶に入れて飲んだ。三鷹市は府中市の東に隣接している。その青年は、姉夫婦のいる三鷹市内のアパートに同居していた。両親は早く死んでいる。

夫は29歳で、都内の警備会社に勤めている。警備会社の社長が彼の伯父で、その社長はもと警察官僚で、公安方面を担当した幹部であった。したがって政治家に顔がひろい。

その妻は夫と同年である。弟はその姉夫婦のアパートに同居しているというよりも、転がりこんでいた。過去に窃盗、恐喝、暴行の逮捕歴があったが、ふしぎとこれまでは微罪ということで起訴まではいたっていない。所轄《しょかつ》署では、この素行不良の青年、浜野健次の名前を要注意人物リストのファイルに綴《と》じこんでいた。

浜野健次は、姉夫婦のアパートには月のうち半分もいなかった。彼が警察の留置場か未決監に収容されている期間を除いても、そうである。彼は半月くらいは非行仲間の家を転々と泊り歩いたり、下等な、半ば職業的なホモといっしょに安ホテルに泊ったりしていた。

彼の非行仲間は18歳から28歳くらいまでの15人ぐらいで、アメリカ空軍基地のある立川市を根城としていたから「立川グループ」と他の不良仲間からは呼ばれていた。彼らはオートバイを乗りまわす「カミナリ族」であり、そのなかには駐車中の車を盗む常習者もいた。

捜査本部がこの若者にいち早く眼をつけたことは、ベテランの警部補が「浜野の身辺を洗ったが、シロだった。12月9日の夜は都内の旅館にホモの〝恋人〟と泊っていたという証言がある。また、農協その他に脅迫状が送られていた時期には、彼は留置場にいたというアリバイもある」と言明したことでも分る。

しかし、その言明がなされる前の、事件発生の6日後に、捜査本部とは別に所轄署の刑事が浜野健次が同居するアパートを訪ねたところ、姉はドアから眼だけを出して、弟はいまここにいないと強く言った。刑事は、奥の部屋に健次がいると直感したが、姉の鋭い拒絶で、それを押し切ってまで中に入ることができなかった。健次が工業用青酸カリをのんで自殺したのはその翌日の未明である。

なぜに訪問の刑事は姉の峻拒《しゅんきょ》を押し切って部屋の中に踏みこむことができなかったのか。もしそうできたら浜野健次が犯人ではなくとも、事件解決の有力な手がかりを得たかもしれない。それができなかったのは、刑事が家宅捜査の令状をもっていなかったことの怯《ひる》みからだろう。が、捜査員が怯んだもっと大きな理由は、その姉の夫の伯父が曾《か》つては有力な警察官僚であり、現在でも政界や財界に知己が多いという背景に、見えざる威圧を感じたからではないか。

浜野健次は自殺するような若者ではないと彼を知る者はみんな言っているそうである。それが刑事の訪問を知った日の翌未明になぜ突然青酸カリを飲んだのか。そして、この青酸カリの入手先も不明のままである。日本では法律によって青酸カリの管理が病院（薬用）でも工場（工業用）でもきわめて厳しく、薬店でも一般市民に理由なく売ることはない。

この若者の死については、捜査当局は「シロ」だというのみで、なぜか詳しくは語りたがらないようである。そのうえ、その若者の顔は、モンタージュ写真の人相によく似ていた。——

それはともかくとして、捜査本部の方針はそれが設置されてから4年目に変った。

それは過去に困難な事件をいくつか解決した輝かしい経歴をもつ捜査一課の警部補が、

捜査の責任者になってからである。

しかし、この老練な刑事は3億円事件発生当時から捜査に関与していたのではなく、本部入りをしたのはその10ヵ月後であった。この独創的な性格の刑事は、本部入りしてからも犯人単独説を主張していたが、それはまだ主流の捜査方針を修正するまでにはならなかった。潮流が変ったのは、彼が完全に采配《さいはい》がとれる責任者のポストに就いてからだった。

単独で、あのように複雑で、緻密《ちみつ》な犯行をやるとしたら、それはどのような方法だったろうか。輝かしい履歴をもつこのベテランの警部補の推定はおよそ次のようなものだった。

《犯行当日の12月10日朝、犯人はある遠くの地点から、少なくとも20キロ以上離れた場所から、雨の降る中をオートバイで走ってきて、まず第3現場（栄町の空地）に6時前に入った。

オートバイをそこに置くと、徒歩で晴見町団地へ行く。これには徒歩で約7分かかる。第2カローラ（犯行後逃走用にするカローラ。事件の5ヵ月後、本町住宅駐車場で放置されてあったのを発見された車）に乗り、それを第2現場（国分寺史跡）に設置した。これが7時少し前。この間の約1時間は、第3現場で、黒布をかぶせたオートバイを〝白バイ〟に工作していたと思われる。そしてこの黒布は、犯人が晴見町団地に行く途中、川にでも捨ててしまったのではないか。未発見である。

そして、7時前に第2現場に逃走用カローラを設置した犯人は、再び徒歩で晴見町団地へもどっている。これは徒歩で約14分の距離である。

車の設置を終了した犯人は、次に、もう1台の第1カローラに乗り、8時10分ごろ、第2現場へ行き、第2カローラにエンジンをかける。そうしてすぐさま第3現場に第1カローラで直行（8時20分）し、偽装白バイにエンジンをかけ、現金輸送車を襲撃する準備をした。それが完了すると、犯人は第1カローラで第3現場を出た（8時55分）。そうして日本信託銀行国分寺支店付近のどこかに車を止め、現金輸送車が銀行から出てくるのを見張った。輸送車は9時15分に出てきた。

犯人はそれを確認し、おそらくは自分の車を先行させせて、輸送車が学園通りを通るのを確認すると、すぐさま第3現場に駆けこみ、白ヘルメットを冠《かぶ》り、警官の服装の上に着ていたレインコートを脱ぎ捨て、オートバイにかぶせたシートをはぎ、急いで偽装白バイに乗り替え、学園通りに向い、府中刑務所の19メートル手前で、輸送車を追い越して、その前に出て停止させ、犯行におよんだ。

こうして輸送車を第2現場に運転してきた犯人は、そこに前から設置しておいた第

2カローラに現金入りのジュラルミン・トランク3個を積みかえて第4現場である本町住宅に激しい雨の中を入った（9時38分ごろ）。

犯人は、この本町住宅駐車場で、最終的な現金の積み替えを行い、他の車（X車）でアジトへむかって逃げた。団地の無関心が犯人のその作業を助けた》

巧妙な推理の組み立てである。

しかし、わたしが気づいたのは、犯人は第3現場から晴見町団地に約7分を要して歩き、さらに第2現場の国分寺史跡から晴見町団地まで約14分を要して歩いているのに、この犯人らしい男の徒歩姿を見た者が一人もいないことだった。少なくとも発表（?）された捜査記録にあるのは、不審なオートバイと乗用車の目撃だけである。不審な人間といえば、第3現場でシートをかけたオートバイの傍に立っている若い男の後姿か、信託銀行の近くでオートバイをとめて、前方をじっと見ていた若い男の姿だけなのだ。

目撃者たちの証言によると、犯人らしい男は傘をもってなく、レインコートのずぶ濡《ぬ》れの姿であった。激しい雨の中を、二回も（合計約21分）傘もささずにずぶ濡れになってゆく一人の男を、だれもが目撃しなかったのだろうか。もし、見たのであれば、必ず印象に残って、あとの証言に出てくるはずである。時刻は6時すぎと、7時すぎである。通行車も通行人もようやく多くなっている時刻なのに。

このベテラン刑事の推理にはこのことがまったく無視されているのはいささか奇妙である。

本報告書が、さきに煩《わずら》わしさをいとわずに、「車」と「立っている男」との「目撃者」の話をいちいち付記したのは、これが注意を惹《ひ》かんとするためである。

いや、まだほかにもある。……

二

ニューヨーク。――

スミス火災海上保険株式会社査定部（クレーム・デパートメント）。H・S・スチムスン部長宛《あて》。

東京　G・セーヤーズ発。

1975年12月20日。

前便（10日発）報告書で、わたしは本事件捜査本部に見られる単独犯行説の一部を述べた。ここでは、第1現場（府中刑務所裏の3億円強奪現場）、第2現場（国分寺史跡）、第3現場（府中市栄町の空地）、第4現場（小金井市本町住宅団地）の四つの場所を多忙、かつ縦横に疾駆した2台の乗用車（カローラ）とオートバイ1台とが、同一犯人によって運転されたとする単独犯行の推定に検討を加えよう。

この推定によれば、犯人は或る遠くの地点から第3現場に10日午前6時前に入って、オートバイをそこに置き晴見町団地に行った徒歩7分間と、さらに第2現場に逃走用カローラ（第2カローラ）を7時ごろに設置して晴見町団地へ引返した徒歩14分間と、合計21分間の徒歩時間がある。土砂降りの雨の中を濡れ鼠《ねずみ》となって一人で道路を歩くこの21分間の犯人の姿に、一人の目撃者もなかった奇妙さは前便でふれた。まったく奇妙である。徒歩の第1回は6時前から6時5分ごろの間、その第2回は7時前から7時12分ごろの間である。道路には通行人、通行車がようやく多くなっている時刻だ。そういう人物が歩いていたら、他の注意をひかないはずはない。犯行前の6時前から、犯行後の9時30分ごろ（第2現場より出て行くカローラを通行車に見られている）まで、すべて目撃されたのは「車」ばかりである。

ということは、右の推定による「徒歩7分、徒歩14分」を実行した人間がいなかったと考えるほかはない。

もともと、単独犯説のいう「犯人の徒歩」は、晴見町団地を犯行の「前線基地」とする推測の上に立った仮説にすぎない。

当日朝、犯人はオートバイ1台と車2台とを二つの現場に配備したが、犯人の家が近くにあるとは考えられないから「その前日までに車を配備していた場所があるはず」で、その「前線基地が現場近くの晴見町団地だろう」といっている。だろうというのは想像であって、なんら物的な根拠はない。その付近で前に一度シートが二枚盗まれたことがあるからというだけではいかにも弱い。犯人の土地カンは府中市内のいたるところにあった。のみならず、当時の行政区域で、北は小平市から北多摩郡、東は武蔵野《むさしの》市・三鷹市・調布市、南は南多摩郡、西は国分寺市・国立市・立川市・日野市の隣接各地に土地カンをもっているとみなされている。これはさらに円周の拡大が考えられる。

それでは犯行前日までに2台の車がどこから晴見町団地に来たかという推測はまったくなされていない。同団地に前日からその車が2台入ってきて置かれていたという目撃者もなければ、10日朝に、その2台の車を団地にとりにきて、その者が次々と乗って行ったのを見た者はいない。

すべては、晴見町団地が「前線基地」だったという空想前提に立っており、これにはまた犯人が一人という推測が構築されている。

つまり、単独犯行ならば、晴見町団地に前日からカローラ車2台が置かれていなければならなかったのであり、そのことからこの団地と第2現場間・第3現場間の徒歩が推定者の頭脳によって打ち出されたのであろう。「徒歩21分間」に目撃者がなかったのは、はじめから「徒歩」はなかったのである。見られているのは車ばかりだ。すなわち、わたしはこの犯行は、車のみで、犯人の徒歩はなかったとみたい。

あの、まるでテレビのディレクターがストップ・ウオッチをもって緻密《ちみつ》な台本に従って合図しているような、分秒単位に合わされてでもしているような、2台の車とオートバイの緊密な連絡接合を、単独犯行と考えることはできない。

わたしは、ジム・フクダと単独犯行説を検討してみた。さきにも報告したとおり、当初複数説をとっていた捜査本部の流れを途中から変えた説である。

この単独説を読んでみると、その論理は実に巧妙に組み立てられてある。とくに犯行前の10日午前6時ごろから8時55分ごろまでの約3時間、栄町の空地（第3現場）と国分寺史跡（第2現場）でのオートバイと2台のカローラ車との出し入れは緻密に考究されている。ポイントにはそれぞれ目撃者の証言がある（前送報告書参照）。

しかし、午前6時ごろに栄町の空地にシートをかぶったままのオートバイがエンジンを鳴らし、路上に黒っぽいレインコート（実は濃紺色がそう見えた）をきていた傘なしの男を牛乳配達人が見ているので、単独犯の推定者はこれを「犯人が付近の様子を見ていた」といっているが、それは付近の様子を見ていたのか、それとも何かをそこで待っていたのかは分らない。

それより約1時間のちの7時5分ごろ、その空地（近くの人の駐車場代りに使われていた）に置いた自分の車をとりにきた町田という人は、オートバイのエンジンの音も聞かず、したがってシートをかぶせたオートバイがあったことにも気がつかなかった、と証言しているのを、単独犯の推定者は、それを犯人がエンジンをとめたのだと解している。

しかし、これは目撃者がオートバイに気がつかなかったのではなく、すでにオートバイはそこから消えていた、とも解される。町田氏の車はオートバイがあったという地点のすぐ近くに駐車してあったというから、車ばかりが置かれているなかにシートをかぶせたオートバイがあれば当然眼をひくはずだし、運転する者の習性として車を出すにあたって周囲を注意深く見ているはずである。町田氏は、エンジンの音がしないから気がつかなかったのではなく、そのときはオートバイがそこになかったからではあるまいか。警察の半ば誘導的な質問で、はじめは「オートバイはそこには見えなかった」という答えが「気がつかなかった」と変ってゆくのはしばしばあり得るケースである。ことに日本の警察官の事情聴取にはそれが多いとジムは言った。

単独犯の推定者は、牛乳配達人が見てから町田氏が来るまでの1時間を、犯人が空地で、白塗りのオートバイを一時黒色にみせかけた（婦人服用の黒布を車体に貼《は》って17ヵ所にわたり、洗濯バサミでとめていた、と見られている）のを剝《は》ぎ、再び白バイにした工作の時間だ、といっている。

しかし、付近のドライバーたちの駐車場代りになっている空地で、犯人が1時間近くもかけて悠々とそんな再偽装工作をするだろうか。いつ、だれがそこにおいた車をとりにくるか分ったものではない。犯人の心理からいえば、そんな危険な駐車場代りの空地よりも、だれも寄りつかない安全な場所でその工作を行うだろう。

単独犯の推定説は、その空地での再白バイ工作の証明として、現場に袖《そで》が裏返しになっているレインコートの左ポケットから白い塗料の発見（鑑識の結果、偽装白バイの塗料と同じ）をいうが、現場に落ちていたコートにそれが付着していたからといって、その場所でオートバイを白塗りのものに戻したとはいえない。

その空地では白ペンキを使う必要はなかったのである。なぜなら、犯行の2日か3日前に青色のオートバイは完全に白く塗装されていて、その塗料がとっくに乾いた車体の上に単に黒布を17個の洗濯バサミで止めているにすぎないからである。この塗料とは、噴き付けのスプレー・ペイントで、すぐに乾くところから速乾ペイントといわれているくらいだ。それはどこか人の眼にふれないアジト内で行われたであろうとみられている。そうなら、レインコートの塗料はその際に付着したものであろう。空地には白ペンキを使った痕跡《こんせき》はない。

このように考えると、6時ごろに牛乳配達人が目撃した空地の「シートをかぶせたままエンジンの音を立てていた」オートバイは、7時5分に町田氏が空地に自分の車をとりに行ったときは、オートバイに「気づかなかった」（実は、無かった？）のであるから、犯人はたぶん6時すぎに空地をいったん去ってどこかに行ったとみるべきであろう。

その行った先（アジトか、近くの隠れ場所）で、犯人が黒布をオートバイから除き、その黒布をそこで処分したなら、まだ話が自然である。単独犯の推定説が、黒布を捨てるなら空地から晴見町団地に戻る約7分間の途中で「ドブ川にでも捨てたのだろう、雨が降っていたから黒布は流れたのか発見できなかった」と言っていることよりもずっと筋がとおる。

白く塗装したオートバイに黒布を貼ったのは、犯行前に「白バイ」がうろうろしていたのでは拙《まず》いと犯人が考えたからだという推定だが、どういうわけか犯行数日前から10日午前4時50分までに目撃された不審なオートバイは、青、あずき色、赤、白であって「黒バイ」の目撃はあらわれていない。

目撃証言のことだが、われわれは捜査本部にある「目撃証言」ファイルの全部を見せてもらっているわけではない。それは「必要なし」として公開されぬだろう。したがって、われわれがそれを読むのは、捜査本部が「必要」と認めた証言集の一部である。

大事なことは、この「必要」が捜査本部の推定に合ったものに限るらしいという点である。本部に単独説と複数説とがあれば、目撃証言にしても、それぞれに都合のいいものばかりが出され、都合の悪いものは捨てられるか発表されないという可能性がある。この点、裁判でも検察側が自己の主張にとって都合の悪い証拠品は法廷に出さないで隠すのとどこか似ている。

したがって、「証言」ファイルの全部を見ない限り、本部筋から発表された証言だけでは、その個々には客観性があっても、全体の客観性をかなり減殺して考慮する要がある。

人々は、犯人は犯行にあたって「ツキすぎている」と評している。しかし、計画には、それが綿密であればあるほど、幸運の可能性を一切入れないものだ。はじめから僥倖《ぎょうこう》を期待するのは実行の破綻《はたん》につながるからである。計画において幸運の計算は冒険主義である。緻密な計画者が、まかりまちがえば地獄に転がり落ちるような偶然性のラッキーを勘定に入れる道理はなく、そんな危険要素はできるだけ設計図から排除し、必然に近い可能性だけで作成したはずである。

人々が「犯人はツイていた」といっているのは、それが1人の犯行と考えているからである。複数の犯人によるのだったら、この奇蹟《きせき》は減少する。「幸運《ラッキー》」を1人の上に期待すると、その現実性は$\frac{2}{10}$ないし$\frac{3}{10}$くらいの割合いであって、偶然性が非常に強い。これが2人だったら、それだけ偶然性の部分が少なくなり、現実性が多くなる。

しかし、2人だから$\frac{2}{10}$が$\frac{4}{10}$になり、ないしは$\frac{3}{10}$が$\frac{6}{10}$になるかというと、そうはゆかない。二人の協力によって生れる効果がこの比率に加わるので、それは$\frac{6}{10}$ないしは$\frac{8}{10}$にもなろう。2 2が4とはならず、2 2が6にも8にもなる。2の協力による相乗効果のアルファである。複数だと「それほどでもない」ことになろう。

単独犯の推定者は、犯人は本町住宅駐車場で、3個のジュラルミン・トランクから次々と現金を取り出し、他の車に積み替え、どこだか分らないけれど推測される第5現場（アジトに近い？）にむかったのであろうと言っているのである。

だが、これには本部内でも異論が出ている。団地のような人目の多いところで、犯人が現金の積み替えをするわけはないというのだ。だから犯人はカローラを第2現場からアジトに運び、そこでジュラルミン・トランクから、現金を抜き取り、そのあとで車を本町住宅に置きに行ったのだろうと推定する。

これに対し、単独犯の推定者は、すでに述べたように、団地に人目が多いのはかえって盲点で、団地族はおよそ無関心である、げんにそのカローラは事件発生後約5ヵ月も経《た》ってからようやく発見されたではないか、それにカローラのボディやタイヤは洗われたようにきれいになっていた、これはカローラが雷雨の中を団地まで走った証拠である（10日朝の降雨は、早朝から午前11時ごろまで）と反論する。

この論争の細部はともかくとして、わたしは、第2現場からのカローラは、まっすぐにアジトに向い、現金を積み替え、空のトランクを後部座席にきちんと重ねて置き、直ちに本町住宅に引返してきて、カローラを置き、シートをかぶせて去ったと考える。それはまだ雨が降りやまない11時前であったろう。

単独説の根拠は、車体が雨で洗われてきれいになっていたこと、シートが雨を吸って重くなり、そのため車にかぶせるときに裂けたという点をあげて、第2現場から第4現場の本町住宅団地への直行、したがって同団地での現金積み替えを推定しているが、11時までにカローラがアジトから空のジュラルミン・トランクを積んで団地に入ったとすれば、強い雨に濡れた車の条件は同じになろう。

いったい、犯人の心理として、3億円を手にしたのならば、一刻も早く警察による危険区域の圏内から脱出したいところだ。府中市はその区域の中枢《ちゆうすう》である。犯人は1分でも早く府中市から離れ、1キロでも遠く落ち延びたい気持だったろう。それなのに、府中市からわずかしか離れていない、しかも多くの人目にかこまれた本町住宅で現金の積み替えをしたとは、とうてい信じられない。

3億円をアジトにかくしたとき、犯人ははじめて、ほっとしたであろう。落ちつきもとり戻したと思う。ここで犯人にとって厄介になったのは、大型ジュラルミン・トランク3個の処分である。この特徴ある空箱をうかつなところに放棄すれば、そこからアシがつきそうである。少なくともそういう不安は犯人にあったろう。

思いついたのが逃走に使ってきたカローラにその空箱を3個とも乗せて、車もろとも本町住宅に「捨て」に行くことだった。さいわい、まだカローラの手配はなされていないと犯人は見た。その手配の出ない間に車を早く本町住宅に持って行く。空のジュラルミン・トランク3個を積んだカローラがまだ雨の降る11時前には早くも団地に入ったろうというわたしの推測はそこに立っている。

本町住宅を逃走用カローラの捨て場所に犯人が択《えら》んだ理由については、その点だけ単独犯行説とわたしは一致する。すでにそこには前年の12月に、ひばりが丘団地近くで盗んだプリンス車と、今年の8月に小平市のアパート下で盗んだプリンス車とが、前者は1年4ヵ月間も、後者は4ヵ月近く、置きざりの状態のままになっている。アラン・ポウの『盗まれた手紙』である。それが果して犯人の最初からの計画だったのか、それとも当日に思いついたのか、それはなんともいえない。

いま、前に盗んだ乗用車が2台、本町住宅に置かれているのを見て、犯人は逃走用カローラをそこに捨てに行った、とわたしは言った。そのとおり、前の車盗人と3億円強奪犯人とは同一だと思っている。ただし、同一ではあるが、同一人とは限らない。共犯が車泥棒だったら、3億円の主犯もそれを、というのは4ヵ月も1年4ヵ月も前に盗んだ車がだれにも訝《あや》しまれることなく本町住宅に依然として置かれている事実を、共犯者から聞かされたことによって、同一という意味である。

この3億円事件の様相をみると、複数犯の臭《にお》いがぷんぷんとしている。犯行前の車の盗みは常習犯の手口だ。60点以上、細分化すれば70点近くにも上る遺留品は犯人のもの（レインコートと鳥打帽子）と、数点の「買物」（ニセ白バイにとりつけた赤色燈《とう》、スイッチ、ステンレス製タオル掛、クッキーの空罐《あきかん》、発炎筒など。あるいは、盗品のトランジスター・メガホンを改装するに当って使った雑誌「電波科学」もその中に入るかもしれない）のほかは、ほとんどが盗品である。もちろん遺留品の全部に指紋も掌紋も残っていない。犯人は、すべて入念に手袋をはめて取り扱っていたとみられる。ということは、前科があって指紋台帳に記録されている人間を想定させる。

犯人の所持品も「買物」も、盗品も結局のところ、手がかりを得られないものばかりであるというのは、そこに熟練者を想《おも》わせる。2台のカローラ、オートバイをはじめ、小さな物品にいたるまで夥《おびただ》しい数の盗品となれば、そこに複数の盗人を思わずにはいられない。捜査本部がはじめに複数犯説を打ち出したのはもっともなことである。

スチムスン部長殿。

さきの報告書で、わたしが一人の青年について書いた事実に注意を払われたことと思う。ここに部長の記憶を喚起するために略記すれば、浜野健次という22歳になるその青年は、素行不良のためにしばしば刑事事件を起し、警察署の留置場に入れられていたが、その罪科は窃盗《せっとう》、恐喝、暴行等で、窃盗には車の盗みも入っている。彼は立川市を本拠とする非行青少年のグループの中でも兄貴株で、その仲間とともにオートバイを乗りまわすカミナリ族でもあった。3億円事件が発生して6日後に所轄《しょかつ》署の刑事が浜野を同居先である三鷹市の姉夫婦のアパートに訪ねたところ、姉は刑事をドアから入れないで明らかに居留守を使った。浜野健次が紅茶に青酸カリを入れて自殺したのは、その翌日の未明であった。

捜査本部は浜野青年の身辺を洗い、強奪事件と関係があるかどうかをかなり調査したらしいが、なにぶんにも本人が死亡しているため確証がとれずにこれを諦《あきら》めたようであった。

3億円強奪の犯人像は、年齢18歳から25歳くらいまで、またはそれ以上を推定した幅広いものだが、これは各目撃者の証言からである。瘦《や》せ型の面長で、切れ長な眼をし、鼻梁《びりよう》が徹《とお》り、唇がややうすい感じ、身長168センチくらい、白皙《はくせき》の好男子というのがそのイメージであった。もっともこの通りに作成された手配ポスターのモンタージュ肖像は、前報告に記した理由で、かなり修正を要するという捜査本部自体の意見もあるが、だいたいそう違わないとすれば、浜野健次はそれによく合致していた。されぱこそ、所轄署の刑事の訪問となったのであろう。現在、この浜野青年について捜査側があまり語りたがらないことも前報告書でわたしは述べている。

どうしてだろうか。

これくらい疑惑に包まれた青年はいない。3億円強奪の犯人は、オートバイ、乗用車の各種に習熟しているようだ。銀行の現金輸送車セドリック39年型にとび乗って走って行った運転ぶりといい、2台のカローラの駆使といい、偽装白バイのオートバイ、ヤマハスポーツ350R1の乗り方といい、これに保谷市ひばりが丘団地のプリンス、同ブルーバード、小平市のアパートのプリンス、八王子市のホンダ・ドリームオートバイの盗難まで同じ犯人とすれば、犯人はおそろしく車に通じていることになるが、浜野青年もそれに適合し、とくにオートバイの運転はたいそううまかったという。激しい雨の中をシートをひきずって疾駆し、現金輸送車を追い、これを追い越して前に出た犯人のオートバイ運転の技術は注目してよい。

本部に単独犯行説が出て、浜野健次は事件とは無関係と判断されたが、その理由として事件前多磨農業協同組合その他に送った脅迫状が本人の筆蹟《ひっせき》とは違うこと、脅迫状の時点で浜野は警察署に留置されていてその発送が不可能なことの二つが挙げられ、かつ、12月9日夜から10日朝にかけて新宿でホモの相手と寝ていたから、そのアリバイがあるというのだった。これもまた前述の報告書にふれておいた。

しかし、単独犯説は、「陽動作戦」として事件前、農協その他へ出した脅迫状の書き手と、強奪犯人とを同一人としている。単独犯ならばそうしなければいけない。だが、犯行前の脅迫状(脅迫電話を含めて)の主と、強奪犯人とが別々であったら、単独犯説は崩壊する。さよう、わたしは両方の別人を考えたいのである。

のみならず、わたしは多磨農協に対する5回の脅迫（はじめは電話、のちに脅迫状）と其他《そのた》への脅迫と、多磨駐在所に対する2回の脅迫（電話と放火予告の脅迫状）が1968年（昭和43年）8月21日限りでぴたりと止《や》み、犯行4日前の12月6日、日本信託銀行国分寺支店長宛に脅迫状が出されるまで約3ヵ月間の脅迫中断に注意をむけたい。なぜに、それまで執拗《しつよう》と思われるくらい頻々《ひんぴん》と出されていた犯人の脅迫が3ヵ月間も休止したのであろうか。犯人が何を考えたのかと想像するよりも、脅迫犯人の身に何かの支障が生じて、脅迫が不可能な状態にあったと思うほうが自然であろう。

では、脅迫の犯人は病気か交通事故にでも遇《あ》っていたのだろうか。それとも海外旅行でもしていたのか。わたしは、彼がその間なにかの犯罪によって社会から隔離されていたのではないかと想像する。彼は強奪犯人とは違う男だが、警察にはしばしばご厄介になっている人間であったろう。

ここで、脅迫状の文句に「警察用語」があったというのを考える。「ウンテンシヤ」「イマ一度ノ機会」「防ダンチヨツキ」など、警察官、自衛隊、ガードマン、基地関係者が多く使う用語が含まれていたという。防弾チョッキはともかくとして、たしかに運転手を運転者《うんてんしや》というのは変っている。刑事が被疑者を調べるときに、相手が容易に犯罪事実を答えないとき、「いま一度の機会を与えるから、よく考えてみなさい」などという。多磨農協第1回の脅迫状にも「シカシ　オドカシトオモウナラ　ヤクソクヲ　ヤブッテミナサイ」とある。これは警察官が威圧をこめた慇懃《いんぎん》な言い方である。そのためによけいに相手に畏怖心《いふしん》を与える。

しかし、こういう「警察用語」は言い聞かせる側からの知識ばかりではなく、聞かされる側も強い印象で覚えているものである。だから、犯人が警察官もしくは元警察官だったり、または犯人の環境に警察官が存在していたりするとは限らない。取調べを多く体験した者ほど、警察用語を知っているものである。

それに、テレビや映画はギャングものをやっているから、そこでも登場する刑事のセリフは警察用語になる。げんに多磨農協宛《あて》の脅迫状が「女デモ　コドモデモ　白イハタヲ　フッタモノニカネヲワタセ」と指定しているのは、あきらかに数年前に上映された黒沢明監督の「天国と地獄」の模倣《もほう》である。

こう考えると、「警察用語」はひろがりすぎて、それがすぐ警察官と直結する感想はうすくなる。だが、なかでも警察官に取調べをうけた経験者の線は捨てがたい。ここで、非行青少年への連想が可能になる。

「特徴点」は、それが普通でないため、かえって多様な解釈を生じる。たとえば脅迫文に犯人が重要とする字句には、傍点のかわりに●—●—●の記号を付けていた。これがモールス信号に似ているところからかつての電信技術者を想定できるし、建築設計図にあるところから土建関係者ともみられるし（げんにそういう説もあった）、また、道路地図の区間キロ数を表わす点と線にも似ている。犯人は車の熟練者のようだから、むしろ、このほうがよい解釈かもしれない。

特徴点でも、どうにもほかに解釈のしようもない絶対性に近い特徴もある。この事件では、ニセ白バイに乗ったニセ警官の制服だ。これはニセの小道具ではなく、真物《ほんもの》らしい。さきにも書いたように、ヘルメット、制服、長靴だけは犯人も遺留していない。

こんどの調査で雇った日本人の助手の一人が、警察関係に通じた元新聞記者であるところから彼に調べさせたところ、警察官に貸与する制服一式は、拳銃《けんじゅう》を除いて、その管理がきわめてルーズとのことだった、現職警察官のなかには返納しない古い制服が2着くらい家庭にしまいこまれている例はざらだというのである。

しかし、わたしは現職警官やその家庭関係の者でなかったら、何がこれに近似するだろうかと考えた。そこには警備員の姿が浮んでくる。警備会社から各会社・工場・公共施設などに派遣されガードマンと呼ばれるこの警備員の制服《ユニフォーム》は、警察官とそっくりである。わたしはデパートなどの駐車場に行くが、その入口に立って出入りの車や通行車を整理している警備員を、はじめの間は、てっきり交通巡査とばかり思いこんでいた。彼らは、実際の交通係警官と同じように、緑色の筋の入った腕章をつけている。

ここで浜野健次の義兄が警備会社の社員であることに想到する。彼は現在では本社の管理職をしているが、強奪事件の起った年の翌年まではガードマンの制服を着ていた。浜野健次は、この義兄と姉のアパートに同居していた。

この義兄の伯父がその警備会社の社長であり、もとは警察高級官僚で、いまでも政財界に知己が多いこと、そのためか、事件後浜野に会いに行った所轄署員が姉に居留守を使われていると分ってはいてもひき退《さが》ったこと、そうして、浜野健次に関しては現在でも捜査本部員らの口が重いことなどは前便において報告済みである。本部では、とくに単独犯行説をとる人々は、「浜野はシロだ」の一点張りである。

浜野健次の姉は、なかなかのしっかり者ということである。その夫の警備会社社員はおとなしい男で、勝気な妻に万事を支配されているという。すべての風聞が一致しているから、それはその通りであろう。健次もこの実姉は苦手らしく、彼が月の半分くらい外泊を重ねるのも、この姉が煙たい存在だったからららしい。それは一つには姉が彼の世話をよく焼くからで、弟が留置場に入っているときも、手製の料理による豪華な差し入れ弁当を運んでいたのもこの姉だったという。一度など、その差し入れの弁当の中にブランデーのミニチュア瓶《びん》が忍びこんでいたのを署員に発見されたという話が伝わっている。

窃盗、恐喝、暴行の非行を重ね、しばしば留置場入りをしているこの不肖な弟は、姉にとって鬱陶《うっとう》しい存在でもあり、また、夫の手前、勘当にしなければならないところだが、そうしないばかりか、かえって庇護《ひご》する態度をとってきた。妻に支配されている気弱な夫は、それにも抗議できなかったようである。

いったい、それだけ警察の厄介になりながら、健次がいちども送検されなかったのは、そのつど、姉が警察に彼を「貰《もら》い下げ」にきていたからだという。警察がまたそれを容易に承知してきたのは、背後に政治家に顔がきく元警察高級官僚の伯父の見えざる威力があったからだと噂《うわさ》されている。その警備会社は、遅れて設立されたので、かなり苦しい経営状態であったという。

浜野健次は非行青少年仲間に対しても警察からの貰い下げが利《き》いたという。そのせいかどうか、彼の仲間もふしぎと送検まではいっていない。その効用は土地のヤクザにも及び、健次にたのめば検挙されてもすぐ出されるという伝説が生じた。彼は22歳だが、連中の兄貴株で、また頭脳もよかったという。

その仲間は、健次は自殺するような男ではないと口を揃《そろ》えて言っている。その彼がどうして、別件逮捕の令状を持った所轄署員の訪問をうけたその翌未明に自殺したのか。そして、自殺の手段に用いた青酸カリの出所はどこなのか。

姉から電話をうけた所轄署員がパトカーと救急車（服毒者が生存の場合を考慮して）でアパートに行ったところ、ダイニングルームの食卓上には紅茶茶碗《ぢゃわん》が一つだけ置かれ、健次はイスから床に崩れ落ちて絶息していた。死亡しても頬がバラ色をしているのは青酸カリによる窒息死の特徴である。警察が茶碗の底に少量あった紅茶の飲み残りを持ち帰ると、青酸カリが検出された。

姉とその夫とは2部屋のうちの6畳で熟睡していたから、いつ、健次が隣の4畳半の部屋から起きて、ジャーに詰めた湯で紅茶をつくって飲んだのか知らないといった。夫婦は、毒物にも心当りはなく、健次がどこかでもらってきたのだろうと事情聴取の警官に述べた。弟が床に倒れる物音で夫婦が眼をさましたのが午前3時40分で、そのときが服毒直後と思われた。青酸カリは1分くらいで絶息してしまう。

なお、夫婦は前晩の様子を供述した。朝から外出していた健次が帰宅したのは午後11時ごろであった。夕方勤め先から帰って、それまで起きて待っていた義兄は、昼間に所轄署の刑事が訪ねて来たことを妻から聞いたこととからめ、健次の非行をきびしく叱《しか》った。何かが起るとすぐにお前が疑われるのは、日ごろの素行が悪いからだ、こんなことではおれたちが迷惑するので、明日からここを出て行き、もう今後は寄りつくな、と言い渡した。健次はひどく悄気《しょげ》ていたから、自殺の原因はそれだろう、と義兄は推量を述べた。健次の遺書はなかった。

この義兄の供述には、いくつかの不審がある。第一に、所轄署の刑事が昼間アパートを訪ねてきたのは、午後1時ごろで、そのときは明らかに健次は部屋の奥にいる気配であった。刑事は居留守と知りながらも、姉の拒絶でドアから内に入ることができずに引返した。だから、健次が朝外出して午後11時すぎにアパートに帰ったというのは、夫も妻の居留守に口裏を合わせている。

次に、健次は義兄からきびしく叱責《しっせき》されたうえ、勘当を言い渡されたのを悲観して自殺したというのだが、彼としては煩《うる》さい姉夫婦のところに居るよりも、非行仲間といっしょに別なアパートでも借りたほうがはるかに気楽なはずであった。アルバイトならいくらでもあるし（当時は日本の「高度経済成長期」で、どこでも人手が足りなかった）、それで足りなければ窃盗を働けばよいし、食うには困らなかった。

義兄に出て行けと叱られて悲歎《ひたん》するほど彼は純情でない。げんに、彼の仲間が健次は自殺するような人間ではないと異口同音に言っているのである。

次に、その叱責を義兄の意志で健次にしたというのも少々不自然である。おとなしいその性格からして、これはきっと妻（健次の姉）に言わせられたのであろう。この妻が刑事に健次の居留守を使ったことを考え合せるべきである。

以上の疑問を解く鍵《キイ》は、青酸カリの入手経路にあるとわたしは考えた。捜査本部は公表していないが、それを知っているのではないか。

わたしの日本人助手3人は、秘密調査員としてまことに有能であった。努力の末、遂《つい》に、その青酸カリの入手経路が判《わか》ったのである。

その青酸カリは義兄が、都内の或《あ》る薬品問屋から5グラムほどもらってきたものであった。0・3グラムでも致死量という猛毒を5グラムもどうしてもらえたのか。

――それは義兄が、もっともらしい理由をつけて先方から取得してきたのだ。その薬品問屋では、自己の店や倉庫の警備を警備会社に頼んでいるので、その会社の「偉い人」の口添えで彼に依頼されたら、情宜上、断わるわけにはいかなかった、というのである。毒物は袋に入れ、それを1964年（昭和39年）8月5日付のR新聞に包んで渡したという。これはおどろくべき情報であった。薬品問屋では明白に口にしなかったが、警備会社の「偉い人」といえば、社長のことであろう。健次の姉の夫の伯父でもある社長だ。

ここで、わたしは、ジム、それに3人の日本人調査員と秘密討議をもった。事態の様相は一変したのである。義兄が青酸カリを都内の薬品問屋から入手したのは65年（昭和40年）9月で、健次が「自殺」した68年（昭和43年）12月よりも満3年も以前だったのだ。

わたしはわれわれの秘密討議にあたって、次のような討論対象項目を提出した。

①健次の義兄が65年9月の時点で、青酸カリ5グラムを薬品問屋から入手した目的は、暴力的で非行の義弟に手を焼き、あるいは将来自分ら夫婦にも義弟からの危害が加えられるかもしれないとの恐れを抱き、万一の場合を考えて彼の毒殺を企図していたのか。

②義兄の伯父が青酸カリの入手に薬品問屋にひそかに口添えしてやったのは、甥の悩みに同情し、また、彼の意図を暗に察知してのことか。

③健次の姉は、夫の企図を知っていて、警察沙汰《ざた》をしばしば起す非行の弟に諦《あきら》めて、夫に協力したのだろうか。

④健次は、姉夫婦がかねてひそかに匿《かく》していた青酸カリ（それは彼自身の殺害用である。毒物のかくし場所は天井裏などが考えられる）を見つけて「服毒」したとは思えないから、健次の義兄と実姉の共謀による自殺に見せかけた殺害か。

⑤そうだとすれば、義兄夫婦は、健次が3億円強奪の犯人とわかり、3年前から用意していた青酸カリを使い、68年12月17日午前3時40分ごろに殺したのか。

以上の「設問」に対して、4人はいずれも「イエス」と答えた。わたしがそれに加わるから、5人全部が青票（賛成）を投じたわけである。

しかし、アパートの部屋の現場には紅茶茶碗は一つしか卓に置いてなかったが、とわたしは皆にわざと言った。

それに対して4人は答えた。そんなのは問題でない。義兄と姉が飲んだ無毒の紅茶茶碗は救急車を夫婦が呼ぶ前に片づけられていたのだ、おそらく義兄夫婦と健次と3人で未明のお茶の会がはじまる際、健次の茶碗にだけ青酸カリがこっそりと投げ入れられたのだ、午前3時40分という異例の時刻は、姉夫婦に問い詰められた健次がその遅い時間になって3億円強奪を遂に告白したからで、あとの善後策は明日のこと、もう遅いから寝る前にお茶でも喫《の》もうということになったと思う、と、わたしの協力者はかわるがわる言った。わたしはその推測に満足した。

わたしの想像をそれに加えるなら、あれだけ非行を重ねる弟を可愛《かわい》がっている姉だから、まさかその弟を毒殺するわけはない、という世間の姉に対する評価もこれに利用されただろうと思う。また、日本じゅうを沸かせている3億円犯人が健次だとなれば、義兄が、世間体を考えて、かねて防禦《ぼうぎょ》用に持っていた青酸カリをここに転用したのも理解できる。

さらに、警備会社の社長は健次が3億円犯人とはまだ知っていなかったが、いつなんどき大きな事件を起し、自分の体面を真黒によごすかわからない甥の義弟に以前から腹立たしさをもち、うすうすとは察しながらも、甥夫婦の防禦に手伝って、青酸カリ入手に便宜を計ったのであろう。社長は政財界にも友人をもつ高い社会的地位にあった。そうして、この警備会社は新興で、先行の警備会社には容易に追いつけぬ状態にあり、経営内容も苦しかった。そこへ甥の義弟が3億円犯人となれば、イメージ面から決定的な打撃をうける。

仮定の問題だが、健次が青酸カリ入りの紅茶で殺害される前に、姉夫婦に3億円強奪の犯行を告白したとすれば、それは彼の単独犯行だったのか、それとも複数犯行だったのだろうか。もっとも知りたいところである。

わたしは複数犯を確信している。いくらわざと左文字で書いても、脅迫状の筆蹟《ひっせき》は健次のものではない。脅迫状の切手に付いた唾液《だえき》から血液はB型と鑑定された。しかし、健次はA型である。また、脅迫（手紙・電話）がなされた時期のすべてではないがある期間、健次が留置場に収容されていてアリバイがあるのも明白である。すなわち、単独犯説による健次の犯人否定の意見は、そのまま複数説に転じ得るのである。

ただ、犯行の12月10日早朝、健次が新宿でホモと旅館で寝ていたというアリバイは信用できない。それは健次とホモだけが言っていることらしい。しかも、そのホモは目下行方が分らなくなっている。わたしの調査員は、ずいぶん彼のことを調査したが、いまもってその所在がつかめない。

しかし、肝腎《かんじん》の3億円の現金の所在が分らない。

まさか、健次が姉夫婦のアパートに持ち帰ったのではあるまい。が、3億円もの大金を仲間の家に預け放しにしておくとは絶対に考えられない。盗んだ青色のオートバイにどこでスプレー・ペイントをかけて白バイにしたのかという問題を含めてアジトの推定は非常に厄介である。10日の朝6時ごろ、第3現場（栄町の空地）にオートバイが「どこから来たか」という問題、犯行前、2台のカローラはどこの「前線基地」に置いてあったかの問題、そうして第2カローラで逃走した犯人は、どこで3億円の積み替えを行い、最終的にはどこに格納したかの問題にアジトはつながる。

わたしは、現在、立川のアメリカ空軍基地の施設が犯人のアジトに使われたのではないかと推測している。ここに立川の非行青少年グループの本拠がある。非行青少年と、基地の不良従業員とは交際しやすい。浜野健次もそういう基地の人間と交際していたのではないか。米軍基地は日本の警察の眼が届かない治外法権的な場所である。これくらい安全なアジトはない。

立川米軍基地の東端から、府中市の刑務所付近までは、甲州街道を通っても（枝道も使用して）、国立市内の南武線北側を走る道路を通って府中市の学園通りに出るにも、8キロ足らずである。この距離はヤマハ350ccのオートバイなら、雨の中でも、通行車の少ない朝のうちだから10分くらいだろう。カローラでも、13分くらいだろう。

オートバイも2台のカローラも犯行当日の朝、立川から来たと考えてよい。2つのカローラが前日から「前線基地」の栄町の空地にあったと空想するよりも合理的と思う。

現金を積み替えた第2カローラが第2現場の国分寺史跡をはなれたのが9時30分ごろ（目撃者の証言）であるから、そこから立川基地のアジトに行き、ジュラルミン・トランクより3億円の現金を抜きとって一時隠匿《いんとく》のあと、空のトランクをカローラに積んで再び東方向に引返し、車を本町住宅に入れるには、雨の降っている11時までには充分すぎるくらい間に合ったろう。おそらく10時40分ころにはもう本町住宅に入っていたのではないか。

栄町の空地に当日午前6時ごろにオートバイが来たのは早すぎるが、それは共犯者との前からの約束で、打ち合せのためだったとみる（早い時間ほど人が少ない）。犯人はエンジンをかけたままそこに立って待っていたが（このとき牛乳配達人に姿を見られている）、相手がこないので、犯人はまもなくそこをいったん去ったのだろう。だから、そのあと7時5分ごろ、空地に町田氏が来たときオートバイが見えなかったのである。

犯人がオートバイでどこに行ったのか分らない。あるいは、彼の共犯は日野市にいたのかもしれない。最近発表された市民の情報に、犯行当日早朝、日野市の工場付近の路上で、白いオートバイをとめて立っていた若い男を目撃した、というのがある。

調査員の一人は、立川周辺の非行グループに、オートバイ運転のうまい30歳前後の男がいて、健次とはとくに親しかったが、他の仲間とはうちとけてなかった、という情報を持ち帰っている。その男は事件後、姿を消しているが、あるいはかれがその共犯者であったかもしれない。捜査本部の聞き込みには、モンタージュ写真のイメージとは別に、30歳くらいの男がしばしば登場している。単独犯行説はこの30男を強奪犯人と見ているくらいである。

わたしは、この男が農協、駐在所その他に対して行なった脅迫電話・脅迫状の本人で、B型血液の所有者だと推測する。43年8月22日から12月5日までの約3ヵ月間にわたる脅迫の中断は、その間、この男に何らかの支障が生じたとみる。病気、交通事故などが考えられるが、あるいは立川米空軍基地の日本人雇員として、他の空軍基地に出張勤務させられていたのかもしれない。そこから脅迫状を送れば切手の消印で発送地が判ってしまうし、長距離電話はもとより危険だから、これは沈黙せざるを得なかったろう。

ところで、われわれの困惑は、3億円の現金の行方である。まさか、立川基地のアジトに隠匿されたままとは思えない。

ジムの意見はこうである。現在にいたるまで犯人の仲間割れがしてないのは、ボス格の男が時効成立まで3億円の現金を預かっていて、その後、適当な時期を見て分配する約束があるからだろうという。それで共犯連中は、金を手に入れるまではと沈黙の同盟を守っているからだ、と推察する。

面白い考えだが、わたしは賛成できない。この犯罪の実行にあたっては、そんなに多数人が参加しているとは思えないからである。

われわれは、捜査本部が洩《も》らした「目撃者」情報について何回目かの検討を行なった。そのなかに、10日午後1時ごろ、阿佐谷付近の青梅《おうめ》街道で1台のライトバンが警戒の検問を突破して環状7号線のほうへ猛スピードで逃げて行ったが、その後部の窓には積んだ箱の一部がのぞいていた、というのがある（当時の手配では、まだ銀行の現金輸送車であるセドリックであった）。

この奇怪なライトバンが、アジトでさらに積み替えられた3億円の運搬車であったかどうかは分らない。

しかし、これはわたしに一つのヒントとなった。府中・立川方面から都内に現金が輸送されたという新たな考え方である。

——3億円は、健次の義兄がつとめる警備会社の中に運び入れられたのではあるまいか。それはまったく外装を違えて、某会社からの預かり品で、その警備を依頼されたのだというふうに。

その品ものを入れた数個の箱が、重要な預かり物として、その警備会社の奥深い倉庫にでも入れられたならば、外部のだれにも分らないのみならず、内部の社員や警備員たちも気がつきはしないだろう。彼らは、この品ものを厳重に警備している。

わたしは、その警備会社の経営状態を調査した。ところが、1968年（昭和43年）までは、給料の遅配があったくらいに苦しかったのが、翌69年1月には、その遅配がなくなっていて、さらに72年初めごろから再び遅配がはじまっている。

このことは何を意味するのか。その警備会社では、68年12月に入った3億円を翌年1月から従業員150人の給料にあて、それを2年間継続して使い果したということではなかろうか。もちろん、会社では番号が記録されている500円札は社員に渡す給料袋には入れなかったであろう。

これには警備会社の内部にごく少数の協力者がいなければならない。わたしは、それが社長と、その甥、すなわち健次の義兄だろうと推察している。

この犯罪は、健次とその共犯者である30歳くらいの男とが計画していたのを、彼の義兄とその伯父が察知したことからはじまったと思っている。健次が前々から立川市のデパートや、東京競馬の開催時にその事務所を襲う計画をしていたことは仲間の間にも知れわたっていた。これらの襲撃計画は、かなりオープンに練っていたようである。しかし、3億円の強奪計画だけは誰も知らなかったのである。

かくて義兄と伯父は健次の奪った現金3億円の保管場所の提供を申し入れたのであろう。警備会社が隠匿場所とは警察や世間の意表を衝《つ》き、これくらい安泰なところはない。健次と共犯者とはそれを受け入れ、10日朝の強奪実行後、そのとおりに3億円を警備会社に運搬した。

これについて思うのだが、例のニセ白バイの男が着ていた警官まがいの警備員制服は、義兄がその計画にあたってすすんで、健次に貸与したのであろう。マイク付きの白ヘルメットは、警備会社の白ヘルメットに、別なマイクをとりつけて偽装したのかもしれぬ。

その7日後には、健次を永遠に沈黙させるべく、姉とその夫とは青酸カリ入りの紅茶を彼に飲ませる深夜のお茶の会となったのであろう。義兄が健次を叱責したために彼が知らぬ間に服毒自殺したというのはもとより義兄夫婦の嘘《うそ》だが、その晩、健次が問い詰められて犯行を打ちあけたのだろうと前にわたしが想像していたのも甘い推測であった。

そういえば、脅迫状にある傍点がわりの●—●—●の記号も、警備会社が各会社・工場に派遣した警備員の現場配置図に似ている。

スチムスン部長殿。

わたし、セーヤーズ私立探偵事務所長G・セーヤーズは、この新しい推理にもとづき、当該警備会社と、その社長および経理部長となっている浜野健次の義兄に対し、鋭意内偵をつづけるつもりである。貴社を代表とするアメリカ保険会社が日本の保険会社との再保険契約によって蒙《こうむ》った損害約50万ドルの賠償取立てに寄与する確実な証拠資料を手に入れるまでは。——

凝視

一

行政域では、東京都の隣県に属した都市であった。

近年、東京都の周辺都市に住宅地の密集化が急速にすすんできたが、そのような土地でもまだ「田舎」が残っている。土地値上りを待つ農家が畠《はたけ》に申し訳のように野菜をつくっていた。

住宅地にかこまれたところどころにこのような「田園」がスポットのように散在するが、草地と黒土のそばには白い舗装道路が四通八達して車をゆき交わせている。その家は江戸時代の街道の名がついた国道に沿っていた。二十年ぐらい前までは雑木林と畠が多く、新しい住宅がそのふちに遠慮げにぼつぼつと建っている程度だったが、現在は団地や分譲住宅が葡萄《ぶどう》状球菌のように伸びてまばらな林と野菜畑を押しつぶそうとしている。

それでもその畑は約一ヘクタールはあった。もとは三ヘクタールくらいだったが、ここ五、六年のうちにいまのものに縮まった。削られた二ヘクタールぶんは分譲住宅の街になっている。

国道からは何本かの市道が北に伸びて私鉄の駅にとどいている。駅前ににぎやかな商店街があり、そこから都心方面にむかうバスも出ている。ある市道の途中から分譲住宅地専用の私道が引込まれ、いくつかの十字路をつくっていた。そこには、建売り住宅特有の、見てくれの設計のうまさで、瀟洒《しょうしゃ》な外観の家がならんでいた。

この分譲住宅ができて間もないころ、家を見にきた夫婦者が十字路の奥の行きどまりに足をとめて、そこに展開する雑木林と畠とを眺め、ここにはまだ武蔵野《むさしの》の名残りがあると感歎《かんたん》したものだった。

あんなところに百姓家もあるわ、とめずらしそうに指を挙げる妻もいた。その指先には木立の下のワラ屋根のかたちをした茶色のトタン屋根があった。屋根の下は高い檜垣《ひがき》に囲まれて暗い影がみえているだけだった。

もし私道を少し戻って、そこから岐《わか》れた小さな道、もとは畔道《あぜみち》だったのだろうが、簡易舗装の幅のせまいその道を歩いて行くなら、遠くから見えていたその農家の前をかならず通ることになる。

門の中をのぞくと、以前は籾乾《もみほ》し場だったと思われる玄関前には松の樹《き》をとり合せた前栽《せんざい》があり、骨太い平屋建築が玄関を中心に左右に伸び、横手には倉庫も二棟ほどあった。この家も七、八年前に建ったと思われるのだが、なにぶんにもしゃれた趣きにできた明るい色彩の分譲住宅を見てきた眼には、畠や木立と共にまわりからとり残された鈍重な農家としか映らなかった。門札は「沼井平吉」と読めた。

遠方からは見えないけれど、そこに近い防風林の名残りがある木立のかげにも、農家を改造した小さな家があった。

小道を国道に出たとき、よそから来た者はうしろをふりかえって、まだあんな百姓家がこのへんにはのこっているんだね、ときまって伴《つ》れと語り合った。

が、じつはいま見てきた分譲住宅の土地全部は前栽をもつ農家が以前に持っていたものということや、近くの有料駐車場がその農家の経営だと知ると、もう一度、その重々しい陰気げな農家をふりかえることになるだろう。そうして、へえ、ずいぶん高い値で不動産業者に売りつけたんだろうね、とくわえた煙草《たばこ》を道に捨て靴で踏みにじるにちがいない。

事件の家がそこだった。

所轄署《しょかつ》への最初の報《しら》せは、三月二日の午前六時四十分に駐在所からあった。沼井平吉の家に強盗が入り、平吉の妻が殺害され、平吉も負傷していると告げた。

所轄署の刑事課員六名が事件の農家に到着したのは、七時五十分ごろであった。このときはすでに連絡した駐在所の巡査が現場保存にあたっていた。曇天だが、雨は降ってなかった。降雨は三日前にあった。

「怪我《けが》をしたこの家の主人沼井平吉のほうは、村瀬医師の車で病院のほうへ運びました」

駐在所の巡査が、本署の車を降りた捜査係長の杉浦仙太郎に玄関口で云《い》った。

怪我人を病院に運んだといえば、死者は家の中にそのままにしているという意味である。

「本人の怪我は、どの程度？」

「右手と右胸のところに創傷《きりきず》をうけていますが、たいしたことはなさそうです。出血はちょっと多いですが」

「通報者は？」

「隣の矢野庄一です。被害者が経営している有料駐車場の管理人をしています。それと被害者の実兄が来ています」

「実兄？　どっちの？」

「殺された奥さんのほうです。現場検証が済むまで矢野の家で待っているように云ってあります」

「あとで皆の話を聞こう」

地肌のみえる薄い髪の杉浦係長は、駐在巡査を案内に家の中にむかった。玄関ではなく裏口のほうからだった。

妻の斬殺《ざんさつ》死体は、玄関よりも裏に近い八畳の間に仰向《あおむ》きで横たわっていた。西側に床の間があり、それにむかって枕《まくら》をおいた蒲団《ふとん》が二つならべてあった。死体は南側の障子に近い蒲団の上だが、頭は枕から落ちて身体《からだ》も西南むきに斜めとなっていた。浴衣《ゆかた》の寝巻もシーツも敷き蒲団も畳も血溜《ちだ》まりの中につかっていた。

女は両腕を左右に伸ばし、指は拳《こぶし》をつくっていた。胸までかけた掛け蒲団を係長がそっとはぐると、開いた脚に寝巻の裾《すそ》がめくれて皺《しわ》だらけでからんでいたが、太腿《ふともも》は出ていなかった。血は頸《くび》から胸にひろがっていた。血液の流れが横へ落ちているため、伊達巻《だてまき》から下の浴衣は青い麻ノ葉模様をきれいにみせていた。

その隣の、障子ぎわからいって奥になる北側にならべて敷かれた蒲団は、血のついたシーツが波打ち、掛け蒲団が刎《は》ねのけられていた。が、血は飛散していてもそれほど多量でなく溜まるまでになっていなかった。怪我の手当でいま病院に運ばれている夫の蒲団だった。

山水画の軸がかかっている床の間には青磁まがいの香炉が置いてあった。香を焚《た》いたあとはなく、ほかにも飾りものはなかった。

床のわきは違い棚になっているが、そこにはガラスケース入りの博多人形とならんで、ケースに入った金時《きんとき》と熊《くま》とが乗っていた。

いっしょにきた鑑識があらゆる角度から室内の写真を撮っていた。それが終るまで閉めた雨戸もそのままだったから中は暗かった。電燈《でんとう》は消えていた。

その雨戸までには障子がありこれも閉じられている。障子と雨戸の間は幅半メートルばかりの縁があった。雨戸の外は濡《ぬ》れ縁で南側の庭に面し、庭の向うがブロック塀《べい》でふさがって、そのまた外が小道だということはあとにつづく調査でわかった。

「おい、添田。いまのあいだに見取図をかいておけよ」

杉浦係長が隅のほうに立っている若い刑事に云った。

写真撮影と指紋検出など鑑識の作業が終るまで、屋内の捜査には刑事たちも半ば手持ち無沙汰《ぶさた》であった。

「はあ」

添田壮介は手帳を出した。精密な見取図はたぶん午後におこなわれる本格的な現場検証のときに多数作成される。が、刑事たちも心覚えに一応は略図を手帳にスケッチする。

添田壮介は本署の刑事課に配属されてから半年くらいだった。南側地区の駐在所勤務からあがってきて、刑事捜査のほうはまだ見習いといったところだった。係長が見取図をと云ったのは、彼に仕事をおぼえさせるためだった。

八時半ごろになっていたが、現場保存の意味で雨戸を閉めきっているので暗い。鑑識のカメラのストロボが光る瞬間だけ昼のようになる。

その光の中に殺された女の仰向いた顔が白く浮ぶ。口をいっぱいに開け、眼は閉じていた。

殺された者でも眼を閉じるものかな、と添田は思った。じっさいの殺人現場にきたのは初めてだが、署内に保存してある現場写真でも法医学の本に付いている写真でも、殺された人間はたいてい瞳《ひとみ》を据えてかっと眼を剝《む》いていた。

テレビの劇映画や芝居などで殺された瞬間に役者が眼を閉じるのは不自然だというのが刑事課にまわってきて彼にわかった。とくに時代劇にはその嘘《うそ》が多い。歌舞伎《かぶき》などは別として、演技がリアルなだけに殺されて眼をふさぐのはちぐはぐだと、そんな場面を見るたびに心で批評していたから、いま女の殺害死体が眼を閉じているのが気になった。こういう例もあるのかな、と考えた。睡《ねむ》ったまま、眼も開けないで即死したのだろうか。それにしては両手を拳に握って突き伸ばしている。顔にも苦悶《くもん》の表情がみえる。口を大きく開いているのは叫び声を出そうとしたのではないか。

女は、短めの髪にパーマをかけているが、髪毛はほとんどみだれていなかった。かたちのいい鼻をしている。ややはれぼったい感じの眼蓋《まぶた》を伏せて睫毛《まつげ》を半月形に揃《そろ》えていた。三十歳ぐらいともみえる、かなりの美人であった。眉《まゆ》のあいだには立て皺をつくっていた。

しかし、雨戸もまだ開けてないのに、そして上の電燈も消えて暗いはずなのにどうしてこんな観察ができるのかと、添田はまわりを見まわしてその理由を知った。次の六畳との間を仕切った襖《ふすま》が一枚開いていて、その六畳の天井からさがった電燈の光がこっちに射《さ》しこんでいるのだった。その光は明るくなかったが、女の蒲団が襖に近いだけに、隣室の光線がとどいているのである。

その電燈も、この八畳の電燈と同じように消えていたのを、隣家の人や被害者の兄がここに入ってきたというから、そのときに点《つ》けたのだろうか。それともこの家では六畳だけは夜どおし電燈を点けておくのだろうか、と添田がその電燈をよく見ると、その鉢形の笠《シェード》の下から細い紐《ひも》が垂れ下がっていた。点滅用で、これも三段にきりかえられるらしく、いまのうすい光は十ワットくらいのようである。

鑑識係が南側の障子、縁、雨戸などに白い粉をふりかけている。外に靴音や話し声がするのは雨戸の外側にも指紋の検出をしているからだ。それがすめば、雨戸は開け放たれ、この室内はずっと明るくなる。

詳しい見取図は明るくなったときに書けるが、うす暗い中で略図を書くのは練習だと思って添田が眼を凝らしてあたりを見回していると違い棚の金時と熊の人形が眼についた。男の児《こ》の誕生祝いの飾りものである。


杉浦係長は、隣の矢野庄一方に待っている通報者の庄一自身、それに殺された沼井平吉の妻の実兄に会うのをあとまわしにした。現場の居間から離れたこの家の十畳の客間にまず駐在所巡査を呼んだ。

これが十時ごろだった。このころになると、雨戸は捜査員によって全部開け放たれた。外は曇っている。

「長崎君。朝早くからたいへんだったな」

係長は、長崎太郎というこの駐在所巡査はよく知っていた。交通係・駐在所勤務などで十数年になる四十二歳の老練巡査だった。

「いえ、係長さんこそご苦労さまです」

「あんたがここにかけつけて来たときの様子から話してくれますか？」

「わかりました」

長崎巡査は前歯の一本欠《か》けた口を開きつづけた。

「ぼくは矢野庄一の電話で、沼井夫婦が強盗のために殺傷されたと聞いたものですから、すぐに外科医院をもっている村瀬宗雄医師に電話してこの家を教え、至急に来てもらうようにたのみました。救急車をよぶことも考えましたが、村瀬先生とは碁で知り合いですから」

「いや、それでよかったのだよ。救急車では困る」

「ぼくが八畳の間に入ると、あのとおりのありさまです。思わず立ちすくみましたが、電燈が消えていて暗いので壁についているスイッチを押そうとしたのです」

「電燈が消えていた？　次の六畳には電燈が点いてなかったかね？」

「点滅用でうす暗いのがついていました。夫婦が夜中に八畳の寝間から便所に行くとき、真暗では困るので、次の間だけは低い燭光《しょっこう》のにきりかえてひと晩じゅう点け放しにしてあるのだそうです」

「なるほど。それで六畳のうす暗い電燈が点け放しになっていたわけがわかった」

「けど、あのうすい暗い光では凶行現場の八畳の様子がよく見えないので、消えている八畳の電燈を点けようと思って壁のスイッチを押そうとしますと、蒲団の上に背中をまるめてうずくまっていた沼井平吉がひょいとふりかえって、スイッチにも壁にもさわらないでください、犯人の指紋が付いているかもわかりませんから、と云ってぼくを止めました。ぼくも、そのとおりだと思って手をひっこめましたが」

「横の妻は殺されている、自分は傷をうけて血まみれになっているのに、沼井平吉は落ちついた男だね、そんなとき犯人の指紋のことまで心配して壁のスイッチにさわらせないとはな」

「感心しました。本職のぼくのほうがアガっていて、恥ずかしかったです。沼井は、隣家に行って矢野庄一をつれてきたときも、スイッチをつけようとする矢野を押しとめたそうです」

「沼井平吉は、電話で矢野に変事を報せたのじゃなくて、自分で矢野方に歩いて行ったのかね？」

「そうです。隣ですから、歩いても三分ぐらいです。電話よりも自分で行って告げたほうが、話がよく通じると思ったからだそうです」

「負傷した身体でか？」

「怪我といっても、さっきもちょっとお話ししたように右手と胸に浅い傷をうけているていどですから。寝巻の浴衣が真赤になっていてたいへんにみえますが」

——係長は遺体を鑑識係といっしょに見ていた。沼井平吉の妻トミ子の創《きず》は一ヵ所だけだ。左頸部《けいぶ》を鋭利な刺身包丁《さしみぼうちょう》のようなもので刺されている。解剖しないとはっきりしないが、左後頸動脈、左右内頸静脈を切断しているようだと鑑識は云っていた。これでは即死にちかい。

しかし、トミ子はいちど眼をさましている。犯人のたてた物音か何か聞いたのだろう。そこを犯人はすかさず突き刺している。鑑識の意見もそれと同じであった。すぐ横に寝ている妻が即死なのに、亭主のほうはよくも軽傷で済んだものだ。

杉浦係長は駐在巡査に煙草をさし出し、じぶんも一本くわえた。煙が彼のうすい頭の上に流れた。

「で、沼井平吉は強盗の姿を見たと云っているかね？」

「沼井平吉は、暗いので強盗が六畳の間から逃げてゆく影をちらり見たが、その後姿の服装も特徴もよくわからなかったといっています」

「しかし、夫婦が寝ていた八畳こそ電燈は点けてなかったが、次の六畳は電燈が点いていたのだろう？」

杉浦は、駐在巡査の剃《そ》り残した顎髭《あごひげ》に白いものが混っているのを気にしながらきいた。

「点いていたけど、あれは燭光を暗くしてあるので、瞬間のことだし、よく見えなかったと云っています。それに、自分の首や咽喉《のど》が火傷《やけど》したような痛さをおぼえて眼がさめたが、首のぬるぬるしたものが血だと気づくと、とたんに気が動顚《どうてん》してしまったそうです」

「妻がそばで殺されるのがほんとうにわからなかったのか？」

「熟睡していて知らなかったそうです。物音と妻のうめき声は夢うつつに聞いたが、それで眼がさめるまでにはならなかったといっております。眼がさめたのは自分が傷を負ったときです」

係長は指先に短くなった煙草を灰皿に押しつけた。

「それはあとで本人によく聞こう。ところで家の中は物色されたあとが何もないんだがね。タンスの抽出《ひきだ》しも鍵《かぎ》をかけたままだし、荒された形跡はどこにもない。それで、よく強盗だというのが沼井にわかったものだね？」

「財布がなくなっているので、それで強盗にちがいないと云っています」

「財布？　どんな財布かね？」

「ガマ口ではなく、黒革の二つ折りになっている札入れです。ちょうど一万円札が入るくらいのサイズだといっていました。それを自分の枕もとにあたる敷蒲団の下に入れていたのがなくなっていると云っています」

「中にはどれくらいの現金が入っていたといってたかね？」

「七万二千五百円だそうです。一万円札が七枚、千円札が二枚、五百円札が一枚です」

「その札入れなら、さっきの検証のときに出てきたよ」

「えっ、どこから出てきたのですか？」

　長崎巡査は眼をまるくした。

「床の間の違い棚の上が袋戸棚になっている。その左側のを開けたら、そこに入れてあったよ。中身の金額も札の数も同じだ」

「おかしいですなア」

　駐在巡査は鼻の頭を掻《か》いた。

「本人の記憶違いじゃないのかね？」

「いや、たしかに蒲団の下に入れておいたといっています。それが見当らないために、強盗が入ったと云っているのですが」

「その点は病院に行って当人によく聞いてみよう」

「係長さん。凶器は見つかりましたか？」

こんどは長崎巡査がたずねた。

「出てきた。さっき裏口を捜索したら、そこの下水溝《げすいこう》の中に刺身包丁が捨ててあった。下水の底に沈んでいたこともあって指紋はとれなかった。うすれてはいるが血はついていたよ。あの刺身包丁はこの家の台所にあったものだろう。被害者の沼井の妻の頸の傷と包丁の刃先《はさき》とが一致した」

このへんはまだ地下下水道がきていなかった。市では来年度からこの区域の着工を公表していた。近くの分譲住宅街からは早急実現の請願が当局に出されている。

もし地下下水道ができていたら、犯人は凶器を溝《みぞ》の中に遺棄することもないから、それについた指紋もドブ水に消えることもなかったであろう。

「侵入した家の台所にあった刺身包丁を使うようでは、犯人は殺害とか傷害の目的で入ったのではないのでしょうね？　その計画を抱いていたら、凶器ははじめから持っていて侵入したでしょうからね。すると、これは怨恨《えんこん》関係ではないかもわかりませんね」

係長はこの推測を無視した。少し不機嫌げにみえたのは、自分らの捜査領分に駐在巡査ふぜいが片足を入れたからである。

「ところで、長崎君。あんたがこの家に到着したときの様子を話してくれるかね」

係長の顔色を見て、巡査はちょっと頭をさげた。

「わかりました。ぼくがこの家に自転車で到着したのは、午前七時でした。それまで本署への連絡電話と村瀬医師への電話をすませたのです。家の裏門の前には通報者である隣家の矢野庄一が立ってぼくを待っておりました。裏門は開いていました。これは負傷した沼井が家から出て矢野方に報《しら》せに行ったときに開けたものです」

「犯人は垣を乗りこえて侵入した形跡はないがね。また、裏の出入口の戸にも異状は認められない」

「ぼくが着いたときは、沼井がその戸を開けて矢野方に報せに行ったり、その矢野がそこから家の中に入ったり出たりしているので、犯人が戸をこじあけたかどうかの点はよく見ませんでした。それよりも沼井の妻が殺されているというのでそこへ行くのに気がせいていました」

「もっともだ。で、中の八畳に入ると？」

「八畳に入ると、沼井の妻のトミ子が血だらけで倒れています。平吉はそばで膝《ひざ》を折り曲げてしゃがみこんでいました」

「それがいままでの話だったな。それからは、どうだったね？」

「ぼくが懐中電燈で沼井の妻を照らしてみると、すでに息がありませんでした。懐中電燈のさきに血溜《ちだ》まりがぎらぎら光って見えたときは、思わずあとずさりしました」

「そのとき、トミ子の死顔は眼を開いていたかね？」

「いいえ。眼は閉じていました」

「それじゃ、平吉が妻の眼蓋を閉じてやったのかね？」

「さあ。それはまだ聞いていません。あるいはそうかもわかりませんね」

「彼女の実兄が来たと云《い》ったね。彼が閉じてやったのじゃないかね？」

「トミ子の実兄がここに来たのは村瀬医師がきて二十分あとです。だから彼ではありません。村瀬医師がここに到着したのは七時十分で、実兄がきたのは七時三十分ごろです。トミ子の実兄は石井幸雄といって××町で雑貨商をしています」

係長は要点を手帳につけた。

「ところで、君が懐中電燈《でんとう》でトミ子を見ているとき、平吉はどうしていたかね？」

「平吉はうめくように泣いていました」

「平吉は泣きながら何か云ったかね？」

「何も云いませんでした。泣くばかりでした」

「それからどうしたかね？」

「そうこうするうちに医師の村瀬先生がきてくれました。村瀬さんはぼくが渡した懐中電燈でトミ子の傷口を調べていました」

「そのあいだ平吉はどうしていたかね？」

「平吉は、先生、トミ子はもう駄目でしょうね、と村瀬医師に聞いていました」

「助からないものですかとはきかないで、駄目でしょうね、と云ったんだね？」

「そうです。妻がすでにコト切れているのを知っているふうでした」

「平吉自身も傷をうけている。かれは村瀬医師に自分の傷の手当を早くしてくれと頼んだだろうね？」

「いや、それは云いませんでした。村瀬さんが懐中電燈で妻のトミ子の傷口を見ているのを、横からじっと眺めていました」

「それはあんがい冷静だったんだな。さっきは、泣いていたといったのにね」

「ぼくがきてトミ子の死体を見たときはそうでした。村瀬さんがきたときはすこし落ちついていたんですね」

「トミ子の実兄の石井幸雄がやってきたとき、平吉の様子はどうだったね？」

「ぼくはその場にいたんですが、平吉は義兄の顔を見ると、兄さん、済まないことをした、といって、わっと泣き出しました」

「済まないことをした？」

「はあ、そう云いました」

係長は手帳にボールペンを動かしながら、

「どういう意味だろうなア」

と、つぶやいた。

「いっしょに寝ている妻だけが強盗に殺されたので、その兄に詫《わ》びたんじゃないでしょうか？」

「うむ、うむ」

杉浦係長は、いま書いた手帳の自分の字をすこし眼から離して見ていた。

「実兄の石井はどうしていたかね？」

「妹のトミ子の姿を見ていましたが、村瀬さんが医者だと知ると、先生、妹はなんとか助からないものでしょうか、助かる見込みがあるのだったら、早く救急車をよんで病院で手当させたいと云っていました。けれど村瀬医師が首を振ると、石井は、トミ子、可哀想《かわいそう》にな、可哀想にな、と云って泪《なみだ》を流しました」

「そのあいだ平吉の様子はどうだったかね？」

「平吉は、ぼくに、こんなひどいことをした強盗を早く逮捕してください、敵討《かたきう》ちに死刑にしてもらいたい、と云いました」

「平吉は、強盗が押し入って妻を殺し、じぶんに傷を負わせたとあくまでも信じていたんだね？」

「そうです。蒲団《ふとん》の下の財布がなくなっているので強盗だと思っていたのです」

「平吉を病院に入れたのはだれかね？」

「それは、ぼくです。平吉の出血もかなりのようでしたから、村瀬先生と相談して、先生の車で病院に送ってもらいました。そこの病院長が村瀬さんの出身校の先輩でしたから。ぼくは本署からみなさんがここに到着されるまで平吉に居てもらおうとは思いましたが、出血がかなりだし、村瀬さんもじぶんの応急手当よりも病院に入れたがよいと云われましたのでね。平吉の事情聴取の前に彼が倒れるようなことがあっても困ると思いました」

駐在巡査はじぶんの処置について弁解するように云った。

「いや、その処置はそれでよかったんだよ、長崎君」

係長は、いたわるように眼もとに微笑《わらい》を見せた。

二

所轄署《しょかつ》の捜査係があとでまとめた沼井トミ子殺害事件捜査報告書のなかに、沼井平吉方の状況についてふれた部分がある。

事実の概要ならびに凶行直後の現場の状況。——

事件は、昭和五十×年三月二日推定午前六時ごろ、農業兼有料駐車場経営沼井平吉（四十一歳）方居宅奥の八畳の座敷において、同人妻トミ子（三十二歳）が鋭利なる刺身包丁（同家台所用のもの）で左頸部を突き刺され、左後頸動脈、左右内頸静脈切断に因《よ》る失血によりその場において死亡し、右平吉が右上膊骨頭《じょうはく》付近に半円形の長さ約五・八センチおよび同約三センチの二個の切創、右上胸部に約〇・四センチの切創、前頸部胸鎖関節直上付近に約〇・二センチの切創、右手示指第一関節内側に長さ約一センチ、深さ約〇・五センチの横走せる切創、背部左肩胛《けんこう》部に約二・五センチ、その付近に約〇・四センチの四個の切創をこうむったものである。

（地理の記載・略）

トミ子は西側の床の間を枕《まくら》にのべられた二組の蒲団のうち南側の蒲団に頭を西南に

枕をはずして仰臥し、顔面を仰むきにして絶息し、身体一面血に塗れ、左顔面、左頸部、左肩部、左胸部には多量の血液が半ば凝固して付着し、左側周辺に大量の血液が流出瀦溜《ちよりゆう》し半ば凝固している。右の状況からトミ子は枕をはずして就寝中、左頸部を突き刺され反射的に前記のような位置に反転して息が絶えたと推測された。

しかして同家の他の座敷と東側六畳の間、さらにその北側に四畳半の部屋（以下便宜上茶の間と呼称する）ならびに三畳の広さの板の間が隣接しおるが、いずれも足跡或《ある》いは何人かが土足で上ったと推測される土砂粒などは認められなかった。

六畳の間の北寄の壁ぎわに南向きにすえられた三重ね箪笥《たんす》、座敷北側の押入内にすえられた蒲団戸棚、その他において金品を物色された形跡なく、右箪笥、戸棚および六畳と八畳の間の壁にある電燈スイッチ、ならびに各所にわたって指紋を採取したが、家族の指紋以外検出し得なかった。

沼井平吉は妻トミ子の蒲団に接してのべられた北側の蒲団に就寝していたが、その蒲団には多少の血液が付着し、また東側の六畳の間との境にある襖《ふすま》に血液の飛沫《ひまつ》数点があり、その血痕《けつこん》の形状はいずれも南方（トミ子の蒲団のあるほう）から東方に向い飛散していた。なお、トミ子の飛沫せる血痕は西側の床の間に数十点付着していたが、これらは動脈管より噴出したものと認められた。血液が床の間に飛散したのは、同女が蒲団の位置よりは西南部を頭に斜めに横たわっていたためと思われる。床の間の南側にある違い棚上部の袋戸棚の中には現金七万二千五百円入りの黒革製札入れが置かれてあったが、これに手を触れた形跡がなかった。平吉は就寝前に自己の枕元に近い敷き蒲団の下に財布を入れていたのを、熟睡後、トミ子がこれをとり出し、右の袋戸棚に入れかえたと思われる。平吉はそれを知らなかったため、敷き蒲団の下に財布が無いので、とっさに強盗に奪《と》られたと考えて、その旨《むね》を述べたものである。

凶器の刺身包丁（同家所有。平吉が確認）は検証の際同家東側の下水用溝の底から発見された。しかし、家屋の内外にわたり犯人の遺留したと思料される物件その他犯人の侵入、逃走したと思料される足跡の発見に努めたが、遂《つい》にこれを発見することができなかった。

右のごとき現場の状況から、犯人が外部より侵入し、凶行を演じた直接の証跡は認められなかったが、沼井平吉は外部より侵入した何者かによって妻トミ子が殺害され、自分も傷つけられたと主張してやまなかった。

沼井平吉の供述の要領は左の通りである。

三月一日午後十一時ごろまで私はテレビを見て、それから三十分ばかりして、床についたので、就寝したのは十一時四十分ごろだったと思います。妻のトミ子は、十時ごろには睡っていました。

私は何時ごろだったかわからないが、夢のなかで物音と妻のうめき声が遠くで聞えているような気がしていた直後に、自分の首や咽喉《のど》に焼けるような痛みをおぼえ、眼がさめると、襖の開いた隣室の六畳を逃げてゆく人の後姿をちらりと見ました。けれども六畳は就寝時にはいつも電燈の燭光《しょっこう》を小さくしてあるので、うす暗いのと、その後姿は瞬間に見たのとで、体格・服装などの点についてはまったく確認ができませんでした。私自身も斬《き》られているのに気がついて動顚《どうてん》しました。

私がトミ子のほうへ寄って見ると、その胸のあたりから流れた血が蒲団や畳に溜まっており、トミ子は仰むけに横たわってコト切れていました。死んでいると知ったのは、その肩に手をかけてゆすり何度も声をかけたが、何も答えてくれなかったからです。眼を開けていたか閉じていたかはおぼえていません。

トミ子を斬り殺し、私を斬りつけたのは何者かわかりません。私ら夫婦は人に恨みを買うようなおぼえはないので、すぐに私の敷蒲団の端をめくってみると、昨夜、その下に置いた七万二千五百円入りの黒革製札入れが無くなっているので、とっさに強盗にやられたと思いました。時計を見ると六時十分すぎでした。

私は、自分もだいぶん疵《きず》をうけていると思ったので、座敷を出て、板の間を通り、土間に下りて、下駄をはき、裏口の戸のさしこみ錠をはずして、裏門にゆき、そこの心張り棒も内からはずして戸を開け、隣家の矢野庄一に報せに行きました。私方にも矢野方にも電話があるが、早朝に電話をしても先方でまだ寝こんでいるばあいは時間がかかると思い、自分が直接に行って知らせるほうが早いと思ったからです。

矢野庄一は私が経営している有料駐車場の管理をたのんでおり、以前から夫婦ともよく知っていました。

矢野庄一は、私が鳴らした玄関のブザーで起きてきたが、それには五分ぐらいかかりました。彼は私の血まみれになった寝巻姿におどろき、さらに私が妻が強盗に殺されていると話すと、それではすぐに警察署に通報しなければといってその場で電話をかけてくれました。

それから矢野夫婦は私方へ来てくれたが、奥さんには凄惨《せいさん》な現場を見せたくなかったので、裏口のところで待ってもらい、矢野と私とだけで八畳の間に入りました。

矢野は、中が暗いからといって壁ぎわのスイッチにさわろうとしたので、私は、そのへんには犯人の指紋が付いているかもわからないので、手をふれないでくれと云いました。私は、どうしてこんなことになったのか、強盗が押し入ってその家族を殺傷する事件は新聞などで見ているけれど、まさか自分たちがそうなるとは思わなかっただけに、不幸に突然襲われた絶望感から、情けなくて情けなくてその場にうずくまり、膝《ひざ》の上に頭を押しつけているうち、殺されたトミ子が可哀想でたまらなくなって泣きました。そのあいだ、矢野はいたたまれずに裏のほうへ行っていたようです。

しばらくして駐在所の長崎巡査がきてくれました。長崎さんも八畳の壁の電燈スイッチにさわろうとしたので、そこは犯人の指紋があるかもしれないと私がいってとめました。長崎巡査は懐中電燈であちこちを調べていたようですが、私はまたうずくまって泣いていました。

そこへ医者の村瀬先生がきてくれました。先生も壁の電燈スイッチに手をふれようとしたので、矢野や長崎巡査に云ったと同じように私はとめました。私の心は、こんなひどいことをした憎い犯人を早く警察につかまえてもらいたい一心からでした。

村瀬先生がトミ子の傷口を調べていたので、先生、トミ子はもう駄目でしょうね、と訊《き》きました。それは私がはじめトミ子をのぞいたときから息がなかったのを知っていたからです。先生は、気の毒だがもう駄目ですね、といいました。万一を期待していた私は、その言葉で、またがっくりとなりました。私はそれまでトミ子のことばかりを思っていたので、自分の傷の手当のことは先生に云わなかったが、村瀬先生があんたの負傷をみてあげると云《い》われたのでおねがいしますと頼みました。じっさい、気が立っていたせいか、それまで自分の傷が痛いとは思いませんでしたが、トミ子もいよいよ駄目だとわかって力が落ちたのか急に激しい痛みをおぼえました。

以上が沼井平吉の第一回の供述である。

これを駐在所巡査長崎太郎、隣家の矢野庄一、同人妻ヒデ、平吉の妻で殺害されたトミ子の実兄石井幸雄の各参考人についての事情聴取の内容と照合するに、大きな喰い違いは認められなかった。

ただし、トミ子の実兄石井幸雄は次のように述べた。

「妹トミ子と平吉の夫婦仲はしっくりといってなかった。その原因は、トミ子はどちらかというと若いときから文学少女であり、げんに読書好きであったが、平吉は性格が粗暴で、トミ子とは気が合わず、たびたび夫婦喧嘩《げんか》が起り、トミ子が二、三度、平吉と別れたいようなことをいって来たこともある。そのつど自分（幸雄）はなだめていたが、自分も平吉の粗暴な性質を前々から知っていた。平吉は親の代から譲りうけた農地の三分の二を不動産会社に売って金を持っており、げんに残り三分の一の農地の一部を駐車場にしている。これもいずれは土地の値上りを待って農地と共に売却する肚《はら》であった。そんなことで小さな雑貨商をいとなんでいる自分を平吉はとかく軽蔑《けいべつ》していた。自分は日ごろ平吉とはあまり往来しないが、こんどの変事を聞いて彼の家に駆けつけたとき、平吉は私の顔を見て、兄さん、済まないことをした、といって泣き伏した。

私は平吉のその様子をみて意外に思った。日ごろあまり往き来しない、どちらかというと冷たいあいだなのに、どうしてそういうことを云うのだろうか。とっさに本心を云ったのだろうか、それとも平吉だけが助かってトミ子が殺されたのを兄の私にあやまったのだろうか、と迷ったくらいである。平吉の本心というのは、いまの段階では云いにくいことだが、私はもしかすると平吉がその粗暴な性格から夫婦喧嘩のはてに嚇《かっ》となってトミ子を殺したのではないか、という疑念もあったので、平吉が後悔して思わずそういう言葉で告白したと感じたからだ。

トミ子は去年の十月に、三歳になる男の児《こ》の謙一が病死したのをひどく悲歎《ひたん》していた。それ以来、夫婦仲はますます冷却していた。トミ子はその病死した児が忘れられずに、去年の五月に買った節句人形の金時と熊《くま》をまだ床の間の違い棚に飾っていたくらいである」

所轄署《しょかつ》では主要な参考人の事情聴取を終り、事件発生と同時にはじめていた被害者夫婦の身辺捜査を続行した。

なお、被害者トミ子の死体解剖鑑定書の大要は次のとおりである。

トミ子の傷は左頸部《けいぶ》一ヵ所で（切創《きりきず》の内容は別記につき省略）、凶器は鋭利なる刺身包丁、死因は頸動脈切断による出血、血液型O型、強姦《ごうかん》被害の形跡はない。

而《しこう》して平吉の負傷についての鑑定事項は次のとおりである（別記につき省略）。彼の血液型はA型である。

鑑定医は「参考事項」として、

「平吉の損傷は、いずれも極めて軽微であって生命に何等《なんら》の危険なく、しかも部位的にいずれも身体重要部位を避け、多数の軽微の損傷が自己の作用範囲内に存在していることは、法医学的に極めて自傷の疑いが濃いものである。しかもかなり鋭利な凶器と推定せられる」

と記載した。この中の「法医学的に極めて自傷の疑いが濃い」という項は重要な鑑定として所轄署に注目された。

所轄署では前掲のように現場の検証を行うとともに県警本部から警部ら三名の来援を得て、平吉を含めた事件関係人の取調べを開始した。

近隣の居住者を中心にして、事件直後の状況、平吉夫妻の家庭関係、外部との愛情関係、交遊関係、怨恨《えんこん》関係等につき取調べを行なったほか、強窃盗犯《ごうせっとう》の常習者または不良の推定の下に聞込みを行なった。とくに後者については、被害者の一人である平吉が、犯人が逃げてゆく後姿を瞥見《べっけん》したもののそれが瞬間であったことと電燈《でんとう》がうす暗かったために人相・年齢・身長・服装等の特徴が一つもわからなかった、と述べているため進行が難渋した。

前記の捜査や聞きこみのうち、外部との愛情関係、交遊関係、怨恨関係などについては積極的な材料は上ってこなかった。また、強窃盗犯や不良についてもこれという材料は得られなかった。トミ子は相当な美人であるが、頸部を刺身包丁で一突きで殺されていること、強姦の形跡がないことなどとともに強窃盗犯の線は稀薄《きはく》になった。

平吉は、はじめ自己の敷蒲団《しきぶとん》の下に入れておいた七万二千五百円入りの財布がなくなっているので「強盗にやられた」と云っていたが、その後の捜査員による現場検証でその財布が床の間わきの違い棚上部袋戸棚の中に在ったことを告げられると、「自分が睡《ねむ》っているあいだに妻がその札入れを蒲団の下からとって袋戸棚に入れかえたのかもしれない」と云い直している。

調査するに同家で盗《と》られた物は一つもなく、箪笥なども整然としていた。捜査は犯人の外部侵入を想定して、家の内外にわたり詳細に調べたが、垣根などを破壊した様子も、戸をこじあけて入った様子もなかった。また、裏門の戸や裏の出入口の戸締りは、前記のように平吉が隣家の矢野方にその朝六時十分ごろに変事を報《しら》せに行くときに自ら外したものであって、これらの戸について精査するも、外部よりこじ開けたあとはみられなかった。

指紋は平吉夫婦のものと、日ごろ同家に出入りする隣家の矢野庄一をふくめて知人の古い指紋が若干検出されただけで、他の者のそれは発見されなかった。

沼井平吉についての他の材料は、彼が妻トミ子に二年前から三年満期契約で五千万円の保険金をかけていることである。

沼井平吉の資産状態からすると、その妻に掛けた五千万円の保険金額は必ずしも高額すぎるということはない。が、妻に保険金をかけたのは二年前の契約が最初であり、それ以前はなんら保険に加入していなかった。「妻は健康であと二十年は死にそうにもない」というのが当時勧誘して断わられた某保険会社代理店の話であった。

しかるに二年前、平吉は別のA保険会社の地元代理店に電話をかけ、所員を自宅に呼んで右の保険を自ら契約した。そのとき、平吉は「妻の健康は大丈夫だが、このごろは交通事故も考えられるので」と所員に語ったという。なお、平吉自身もそのときに同額の保険に加入契約した。

ところが、最近、平吉は親しい知人二、三に、妻トミ子にたいする不満を洩《も》らすようになり、妻と自分とはどうも性《しよう》が合わない、あいつは本ばかり読んでいて家庭の仕事もおろそかだ、小説で読んで知ったのか、なにやらわけのわからないえらそうなことをいって自分をバカにする、できたら別れたいと思っている。ああいう女房に五千万円の保険で、毎年約三十万円も払うのはばかばかしい、三年の間に死ぬきづかいはないから掛け金をドブの中に捨てるようなものだ、と云っていたということである。

これを平吉と最も親しく、かつ、平吉の経営する有料駐車場の管理人（といっても駐車場出入口の小屋に毎日午前八時から午後七時まで所在して駐車者から料金をとり、これを毎日七時すぎに平吉のもとへ届けている）の隣家の矢野庄一について事情聴取するに、庄一は立場上、積極的にそれを肯定しなかったが、平吉に日ごろからそうした発言のあったことを否定しないのみならず、トミ子は生来小説好きだが、去年十月に、三歳の男の児が病死していらい、その悲しみをまぎらわすためか、よけいに読書に耽《ふけ》るようになった。そのために夫の世話もますますしなくなった。平吉はそれをひどく不満に思って、不平を洩らしていたことなどを洩らした。

ここにおいて捜査本部は、強盗など外部からの侵入者の形跡がなく、かつ鑑定医の

「鑑定参考事項」にある如《ごと》く平吉の負傷が法医学的に極めて自傷の疑いが強いこと、夫婦仲が円滑でなかったことなどから、平吉が自宅台所にあった刺身包丁を凶器にして妻トミ子を刺殺し、同じ凶器で自傷した狂言ならざるやとの疑いを深めるにいたった。

かく推定することによって、前記の外部侵入の形跡のないこと、盗難品のないこと、かつ平吉が七万二千五百円入りの札入れがないと云って強盗による犯行の印象を捜査員に持たせようとしたことなどの諸疑問が氷解するものと思料された。

問題は、平吉が三月二日午前六時ごろ、平素仲の悪い妻を殺して強盗の犯行にみせかけ、五千万円の保険金を詐取《さしゅ》しようとしたのであるか、あるいは三月一日夜に夫婦のあいだにいさかいがあって粗暴な性格の平吉が腹立ちのあまりに右の刺身包丁で就寝中のトミ子の咽喉《のど》をひと突きして即死せしめ、犯行形跡を糊塗《こと》したのであるか、意図について二つの見方が存在したが、この二つの犯行目的は同時に併立するとも思料された。すなわち後者の如き犯行をして、保険金をも詐取でき得るからである。

沼井平吉は、第二回事情聴取のときも第一回の事情聴取内容とほぼ同じことを述べたが、捜査本部において右の見方を強めるにいたってから、県警本部横川警部補による沼井平吉に対する第三回事情聴取の訊問《じんもん》は厳しい追及となった。

《所轄署は、参考人沼井平吉に対して四回にわたる事情聴取をしたのであるが、その陳述と現場状況とに不一致があることや陳述そのものにも曖昧《あいまい》な点が少なくないことから、沼井平吉の身柄を勾留《こうりゅう》してさらに追及する要を認め、平吉が五ヵ月前に近くのおでん屋久保カナエ方で三千二百余円の飲食代を掛けにしたまま未払いであることをつきとめ、無銭飲食の疑いで逮捕令状を取り、三月十七日に逮捕留置し、その妻トミ子殺害の容疑で県警本部横川警部補を係りにきびしく追及したるところ、三月二十日午後十時ごろにいたってその犯行を自白した。よってさらに取調べをつづけたうえ、二十二日午前十一時に地検に殺人罪の容疑で身柄を送付した。地検においても同日午後二時ごろ沼井平吉の起訴を決定し、その手続をとった。

沼井平吉が本署において横川警部補になしたる自白の要旨は次の通りである。

私は本年三月二日午前六時ごろ、自宅台所にあった刺身包丁をもって妻トミ子の頸部を刺して殺害した。

長男謙一（三歳）を去年の秋に失って以来、妻はその病死の原因まで私のせいにして、「あんたが子どもの看病に協力しなかったからだ、無関心だったからだ、そのため可愛《かわい》い児を失った」などと再三ヒステリーを起して私を責め、それいらい夫婦喧嘩が絶えず、私はそういう妻を憎んでいた。

三月一日午後十一時四十分ごろ、私はテレビを見終って床に入ったが、トミ子がかねてから家事などろくに見ないで小説などを読み耽っていて、とかく私を軽蔑《けいべつ》するふうがあったので、それだけでも喧嘩が絶えなかったが、子供が死んでからは、私の云うことにことごとく反抗を示しはじめたので、かねてから腹が立っていたが、このとき、むらむらと殺意を生じた。いったんはそのまま私も寝たが、トミ子に殺意が生じてからは睡ることができず、殺害についての方法と、それが自分の犯行でないようにする手段について考え、午前五時すぎまでは蒲団の中でまんじりともしなかった。

五時半ごろ、私はそっと蒲団をはなれて台所に行ったが妻は熟睡していた。刺身包丁を台所流し台下の抽出《ひきだ》しから取り出して布で柄を巻いて握った。包丁の柄に指紋がつかないためにそうした。八畳の間に引返すと、トミ子は私の足音を聞きつけたか、あるいは虫が知らせたのか、そのとき、急に眼を開いて、まだ襖《ふすま》ぎわに立っている私を見上げた。六畳には十ワットの電燈がついているのでトミ子は私ということがわかったか、ちょっと不審そうに身体《からだ》を起すような様子だったので、私はすぐその横に行って刺身包丁で彼女の頸部をひと思いに刺した。ちょっともがいたトミ子は身体がねじれたかっこうでそのまま絶息した。声は立てなかった。仏となったトミ子の眼は私が閉じてやったように思う。そのへんの記憶はあいまいである。

私は、考えていた通りに左手を使い、自分の右腕の上部と右胸の上、右手の人指し指、肩のうしろのあたりを包丁で傷をつけた。私は左利《き》きではないが、慣れない左手で包丁を握って刺せば、右手を使用するよりも傷が浅いと考えたからである。

凶行をおこなったあと、私は柄を新聞紙で巻いた刺身包丁を持ち、裏口の戸の施錠《せじょう》をはずして開け、さらに裏門を開けたままにして外に出た。右の戸を開けたままにしたのは、私が隣家の矢野庄一方に変事を知らせに行くときにそうしたために、外部からの侵入の跡を不明としてごまかす目的であった。

刺身包丁は私方横を流れている下水溝の中に捨て、新聞紙はこまかくちぎって細片にし、おなじく下水溝に流した。

このようにして、私は午前六時十分ごろ、隣の矢野方に、妻が強盗に殺された、と報せに行った。矢野や駐在所の長崎巡査、村瀬医師などが私方に来た次第はこれまでの供述のとおりである。

私は、右のように自分の指紋に気をつけたので、矢野、長崎巡査、村瀬医師が八畳の電燈を点《つ》けるため壁のスイッチにさわろうとしたとき、犯人の指紋が付いているかもしれないからそれには触れないでくれと云った。そう云えば強盗の侵入を三人が信じると思ったからだ。七万二千五百円入りの財布が失《な》くなっていると最初に云ったのも、強盗の印象を与えるためである。

私は、トミ子にたいして殺害を計画していたのではないが、妻として家庭的でないこと、とくに子供の世話をろくにみなかったことに不満をもっていたので、三月一日夜から二日未明にかけてのトミ子の態度に対してはじめて殺意を抱くようになった。私が激情型であるのは自分でもよく分っている。

トミ子にかけた保険金五千万円のことは私の殺意の動機にはないが、結果としてその保険金が手に入るなら助かるというくらいのぼんやりとした期待は脳裡《のうり》にあったかもしれない。しかし、それが目的で妻を殺したのではない。性に合わない女房に毎年三十万円の保険料を払うのはばかばかしいとか、再婚すればトミ子以上の女房がもらえるとか、そういうことは他人に冗談口で云ったことはあるが、本心ではない。》

三

刑事の添田壮介は駐在所に寄って長崎太郎巡査と話していた。

「沼井平吉の自白で、女房殺しも解決したね」

長崎巡査は番茶をすすって云《い》った。添田の前にも出された茶碗《ちゃわん》が机の上にある。真昼間の駐在所は森閑《しんかん》としていて電話一つ鳴らない。壁には管内の大きな地図が貼《は》られてある。出入口には若い巡査がうしろ手を組み、股《また》をひらき、道路にむいて立っていた。肩から拳銃《けんじゅう》の革紐《ベルト》を斜めにかけたその背中は、半年前の添田壮介の姿だった。添田は長崎巡査と駐在所勤務をしたことがあった。勤務には口うるさいけれど、若い者のことを考えてくれる中年の先輩であった。

今日が非番の添田は、この辺を通りかかったと云って駐在所にたち寄ったのだが、長崎巡査とは当然に沼井トミ子殺害事件の話になった。

長崎巡査は事件発生直後に本署へ電話連絡し現場保存のために沼井家に急行したことだし、添田壮介は現場検証に杉浦係長に随《つ》いて同家に行き、現場見取図などを書かせられている。その後は、捜査の「見習い」のような立場で、聞込みなどに従っていた。新米の刑事は、ふだんは部屋にいて先輩刑事たちに茶をいれて出したり、雑用に使われたりして、ちょっと徒弟制度に似たところもある。

いま、長崎巡査が「解決した」と云ったのは、沼井平吉が自白したことであり、それによって彼が起訴されたことをさす。沼井平吉の身柄も留置場から拘置所に移されたから、警察署とはいちおう縁が切れたことになる。これが捜査側にとって「解決」

の実感をもたせた。

「被疑者の沼井平吉を取調べたのはおもに県警本部の横川警部補と署の杉浦係長なので、ぼくなんかは取調室にも入れてもらえませんでした。だから、どういう取調べの順序で沼井平吉が自白したのかわからないのですよ」

添田は云った。

「というと、その取調べに何か無理があったというのかね？」

長崎巡査は声を小さくして訊《き》いた。新米の刑事がその取調べに疑問を持ったように聞えたからである。

若い巡査は人形のように変らない姿勢で立ち、その背中にはこっちの低い会話が届きそうになかった。表の道路には通行人が過ぎ、車が走り抜ける。通行人も車も、この地域にある分譲住宅の住人とマイカーが多かった。

「いや、無理というのではありませんが、なんだか沼井平吉があんまり警察の見込みどおりに自白したように思われますのでね」

「うむ」

長崎巡査は不満そうにちょっと黙った。ここで云われる取調べの「無理」とは暗に誘導訊問や拷問《ごうもん》を意味している。

むろん現在では新刑訴法によって誘導訊問も拷問も禁じられている。だから以前のように被疑者に肉体的な苦痛を加えて自白を引き出すような文字通りの拷問はできないけれど、それにはまた「訊問技術」の開発によって補われている。

たとえば容疑に対してよほどの証拠がなければ逮捕令状が出せないことになっているが、沼井平吉の場合、五ヵ月前のおでん屋の払いが溜《た》まっていることによって「無銭飲食」の容疑（これにはその飲食店に被害届を出させるなどの協力が必要）で逮捕した。いわゆる「別件逮捕」は警察が新刑訴法の裏をかいた捜査技術の開発である。

長崎巡査が添田の疑問的な口調に不満を示したのは、同巡査が沼井トミ子殺害犯人は夫の平吉という確信が前提にあって、それだから平吉の自白は自然であり、その取調べにはなんら「無理」を必要としなかったと考えているからだった。

添田は曾《か》つての駐在所勤務時代の先輩が自分の言葉に不満というよりも不快に近い表情をしたのを見てとり、眼を伏せ、冷えた茶を一口呑《の》んだ。

駐在所の入口に人影がさした。立番の若い巡査は、番地をたずねる中年婦人のために壁に貼った管内地図を見に入った。巡査は白い手套《てぶくろ》の指先を地図の上に匍《は》わせ、該当番地の数字をさがしている。

そのあいだ長崎巡査と添田の会話は中断した。

図上に番地をさぐり得た若い巡査が中年婦人に教えると、婦人は頭をさげて立ち去った。立番巡査はもとの姿勢に戻った。四角に区切った出入口の空間のなかに股をひろげて立つ巡査の黒い後姿の隙間《すきま》に、外のやわらかい陽を浴びた通行人や車が動いていた。けだるい、のんびりとした春の光景である。

「新規に捜査員になると、いろんなことを考えるものだよ。だが、そのなかには重要なものもあれば、たいして意味のないものもあるだろう。ベテランの刑事は現場を踏んだ数が多いだけにそのへんの見分けかたを心得ている。なにごとも経験主義だな。はじめのうちは、そのへんがごっちゃになる。これは先輩の教えと、自分で現場を踏む数をふやしてゆくうちに、だんだんに分ってくるんだろうな」

長崎巡査は、駐在所時代の先輩として宥《なだ》めるように云った。長崎巡査には刑事部勤務の経験はなかったが、見当はつく。

「それはよくわかりますよ、長崎さん」

添田は自分が新米刑事であることを自覚していた。曾ての上司として親しさがあったし、真面目《まじめ》で親切な年長の長崎巡査には気易《きやす》さがあった。

「……ぼくもそう思って遠慮していたんですが、やはり新米のかなしさで、いろんなことが眼につくんです。たとえばですね。沼井平吉はじぶんの右腕、右胸、右手の指、右肩のうしろのあたりを左手で包丁を使い傷つけた、と自供書にあります。鑑定書のいう自傷の問題ですが」

「うむ」

「自供書で平吉は（私は左利きではないが、慣れない左手で包丁を握って刺せば、右手を使用するよりも傷が浅いと考えたからそうした）と云ったとあります」

「それがどうだというのかね？」

「素人《しろうと》考えですが、自分で自分の身体に傷をつけるばあい、左利きでない限り、やはり馴《な》れた右手を使ったほうが傷をつける加減がしやすいと思いますがね。不馴れな左手で包丁をにぎって傷を浅くつけようと思っても、つい、手もとの調子が狂って深く切りこむことになるんじゃないですかね」

「うむ」

長崎巡査は、両手を前に出し、右手と左手とを交互に動かしたり、拳《こぶし》を握ったりして、添田の云うことを実験してみた。

「まあ、そうもいえるかもしれないが、なにしろ本人がそう自白しているんだからね」

左利きでない長崎巡査も添田の言い分を半分は承認したようだったが、当人の白白に重点を置いた。

「いや、その自白ですが」

添田はかけたイスを尻《しり》ごと片手で引いて長崎へ膝《ひざ》を寄せた。

「実は、左手で自分の身体に傷をつけたという平吉の自白は、自供段階の最初のほうには出なかったということですよ」

低い声でささやいたので、長崎巡査もしぜんと顔をうつむけ耳をよせた。

「というと？」

「ぼくは平吉の取調べからはずされていたため、取調室の様子はわからなかったが、ほかの人からうすうす聞いたところでは、自傷のために左手を使用したことは自供のおわりごろに出たらしいのです。大きな声ではいえませんが、これも取調べの無理からそうなったような気がします」

「それは誘導訊問があったということかね？」

長崎巡査もあたりを気にするような低い声になった。あんまり低すぎてその声がかすれた。

「訊問には、取調べ側に予断があったような気がします。いや、内輪からこんなことを云ってはいけませんが」

「…………」

「つまりですな。平吉の疵《きず》は自分でつけた自傷という主観が調べる方にあった。これは鑑定書の参考意見が大きく影響していると思うのです。平吉の負傷は、自己の右腕・右胸・右指・右肩の背部と、すべて右側ずくめです。右手で右部分を刺すのは困難です。左側の部分を刺すのは容易ですがね。しかし、平吉の自傷が右側ばかりだったとすると、左手を使ったとしか考えられない。それが自然ということになる。けど、この左手をつかったというのは、筆蹟《ひっせき》をごまかすのに左手でペンを握って書く。どうもそれから思いついたように思います。……ですからね、この部分は平吉が取調べ側に調子を合わせた自供のような気がするんですよ」

「というと、真相はどうなるのかね？」

長崎巡査はなんとなく生唾《なまつば》をのみこんだ。

「はっきりしたことはぼくにも分りませんが、犯人に斬《き》りつけられたら、その右側部位の負傷は当然のように思いますね。平吉は斬られるまでは熟睡していたと云っています。横の蒲団《ふとん》にいる妻のトミ子が殺されるのもわからなかったといっています。ですから、はじめの事情聴取の答えにあるとおり平吉は蒲団の中に寝ていたとします。で、そのとき仰向けではなく、左肩を下にして横むきに寝ていたとします。すると右肩が上になる。おそらくその胸から上が蒲団よりはみ出ていたのでしょう。侵入した犯人が熟睡している平吉を斬りつけたとすれば、蒲団からあらわれている右肩、その背面、右胸、右手の指などの部分しかないでしょう」

　立番の巡査は相変らず動かぬシルエットになっている。こちらの低い会話がその背中には届きそうになかった。

「君はそのことを係長とか先輩刑事に意見具申したかね？」

　長崎巡査は下をむいたまま上眼《うわめ》づかいに添田の顔を見た。

「いや、云いません。だって、平吉が自白したあとですからね。それも地検の送致書に付けられた自供書や捜査報告書などの写しを見せられたあとですからね。何を云っても相手にされないと思ったからです」

　それは事件が地検送致となり、警察の捜査が一応終結したというだけでない、想像される取調べの「無理」とも関連していた。「無理」があれば、新米刑事が何を云っても上司や先輩にとりあげられないばかりでなく、かえって叱責《しっせき》をうける。

「もう一つあるんです」

　添田は、ことのついでというように親しい旧上司に云った。

「うむ、何かね？」

長崎巡査は気乗りのしない表情で問い返した。が、事件は長崎巡査が現場保存などをしたり、村瀬医師を呼んだりして直接にタッチしている。沼井トミ子の惨殺《ざんさつ》死体を見たり、負傷した夫の平吉とも口をきいたりしている。若い添田の捜査に対する「批判」は気に入らなかったけれど、その云うことには興味があった。

「最初の検証のとき、板の間にも六畳にも凶行の八畳の間にも土足のあとがなかった。そうして裏門や裏口や、土間《どま》などに、犯人の靴についていたと思われる外部の土が落ちてなかったですね」

「そこが平吉の犯行を裏づける証拠の一つになっているんじゃないのかね。外部から犯人が入った形跡がないのは、平吉の狂言強盗殺人を裏付けたことになっている」

長崎巡査は、なんだ、そんなことか、といった口調で答えた。

「ぼくは杉浦係長に命じられて屋内外の見取図を書いたんですが、さっきも云ったように裏口から入った土間には外部の土がなかったです。あるのは、隣家の矢野方に報《しら》せに行って戻った平吉の下駄の跡、やってきた矢野庄一夫婦の下駄の跡と、長崎さんの靴跡と村瀬医師の靴跡、トミ子の実兄の靴跡など、それらについてきて落ちたと分る土だけでした。ぼくを含めてあとから到着した署員六人の靴跡は濡《ぬ》れ縁の下にもありました。雨戸を開けて調査した時についたものです」

「そうだったな」

「もしかりに犯人が外部より侵入していれば、裏口から入った土間にその靴跡や、その靴に付着して運ばれたと思われる外の土が落ちていなければならない。濡れ縁下と同じようにね。あのへんの土は軟らかいですから」

「ぼくの靴と村瀬医師の靴についた土は、土間にこぼれていたんだな」

「そうです。平吉と矢野の下駄についた土もそうでした。ところで、土間には、隣家に出来事を報せに往復した負傷の平吉の血が滴《したた》り落ちていました。その血痕《けっこん》の上に、下駄や靴から落ちた土がかぶさっているのです。つまり滴り落ちた血痕のいくつかは土の下にかくれていました。ですから、それらの土はすべて、平吉が隣家に変事を報せに行って戻ったあとに来た下駄や靴から落ちたものです。犯人の靴についた土だと、その土の上に平吉の血痕が落ちていなければなりません。そういう土が一つもない。土間は、矢野や長崎さんや村瀬医師や実兄がそこにくる前から、まるで掃いたようにきれいになっていたようです」

「君はよく観察したね。感心だ。しかしね、だからこそ犯人は内部の者だよ。外部から入った人間じゃない。犯人は平吉さ」

駐在巡査は、それは平吉の自白の通りだと云った。

「君は、前にトミ子の死体が眼を開けたままだったかどうかを気にして、ぼくにも訊いてくれたがね。ぼくには誰が眼を閉じたのか記憶があいまいだった。しかし、平吉の自白によると、平吉がトミ子の眼蓋《まぶた》を閉じてやったと云っているね。それは近親者の犯行にはよくあることだ。君も刑事課に保存されている事犯例集を見たらわかると思うが、殺した人間の眼を閉じるのは近親者の心情かららしい。知人もそうだ。よく婦女殺害死体の顔に座蒲団とか衣類がかけてあるが、それも同じ心情だろうね。ところが強盗などの見ず知らずの他人の犯行だと遺体の眼は開いたままになっている。生前の被害者と関連がないから、そこは冷酷なもんだ。トミ子の遺体は平吉がその眼をふさいでやったということでも、この事件が近親者による犯行という特徴が出ているよ」

「そうかもしれません」

添田は先輩の言葉に一応うなずいた。それから片頬に手を当てて云った。

「それにしても自供書を読むと、妻殺しの動機が弱いですね。いかに平吉がふだんからトミ子とソリが合わず、また人一倍彼が妻の冷淡に腹を立てたとしてもです。彼は粗暴で逆上型ですが、自供書によると、二日の午前二時ごろから五時すぎまで、トミ子を殺してそれを強盗の所為《せい》にみせかける方法について、ろくに睡《ねむ》らないで考えたと云っています。粗暴な性格で逆上型は、嚇《かっ》となってその場で前後の思慮もなく犯行に出ると思うんです。平吉が偽装方法を考えたという自供には、どうも無理があるように思うんです」

添田が長崎巡査に洩《も》らした「不安」は当った。地検に送られた沼井平吉は、警察署での自白を翻《ひるがえ》し、トミ子殺しは自分がやったことではない、自白は警察署で（早く自供すれば、妻殺しの事情が事情だから量刑が軽くなる）（すなおに自白すれば情状酌量で保釈になる。判決も執行猶予《ゆうよ》になるだろう）などと云われて、取調官の誘導のままに犯行経過を述べさせられたものだ、あれは心にもない自白である、最初に警察で云ったことが実際である、自分が切られて眼がさめたときはトミ子は血溜《ちだ》まりの中でコト切れていた、（その眼を自分が閉じてやったおぼえはない、すでにトミ子は眼蓋を閉じていたと思う）と、あらためて云い直した。

また、七万二千五百円入りの札入れを前夜蒲団の下に自分が入れたのにそれがなくなっていたため、強盗だと云ったまでで、それはあとでトミ子が床の間の袋戸棚に入れかえたのを知らなかったからであり、けっして狂言をたくらんだのではない、などということもふたたび強調した。

平吉が検事の前で自供を翻したという報せが所轄《しょかつ》署に入った二日後の午後二時ごろである。

添田壮介は「沼井有料駐車場」に管理人の矢野庄一を訪ねて行った。同僚の若い刑事といっしょだった。矢野は沼井平吉の隣家に住み、沼井に頼まれてその経営する駐車場の管理人となり、車の出入り口の横に建った小屋に居た。

「沼井さんが自供を翻したそうですね」

矢野は、捜査のあいだ顔馴染《なじみ》となった添田を見ると云った。

「どうして分りましたか？」

添田は、てれ臭そうな笑いをうかべた。

「新聞に出ていましたからね」

額が禿《は》げ上っている矢野庄一は、添田たち二人の刑事をせまい管理人小屋の中に入れた。窓からは駐車場にならんでいるマイカーの列が見えた。

「それでちょっとわれわれもまごついているんです。沼井の自白は真実を語っているとわれわれは確信していたんですがねえ」

「それで、捜査のやり直しというわけですか？」

陽にやけた矢野の茶色の顔には複雑な表情が浮んでいた。

「やり直しというのではなく、沼井の自供と、こんど検察庁で否定したことと、どちらが本当か、その裏づけをやってみようと思うのです。その結果、沼井の自白翻しが本当だったという線が出るといいんですがね」

添田は、沼井と親しい矢野の立場を考慮して云《い》った。

矢野庄一は黙っていた。その顔色から彼は妻を殺したのは沼井だと思っているらしかった。

「ここの駐車場に入っている車は、何台くらいですか?」

添田は矢野の気を逸《そ》らすようにきいた。このせまい窓口からは十数台の車がならんでいるのが見えた。その背後には分譲住宅地を囲む森や畠《はたけ》が眺められた。

「月極《ぎ》めが約三十台と、その日によって預けにくるフリーの車が二十数台です」

矢野は煙草《たばこ》に火をつけて答えた。

「いまは車が少ないようですね?」

「昼間ですからな。月極めの車は都心方面への通勤者が多いですからね。車を出し入れにくるのは朝と夕方です。フリーの車は通りがかりに預けてゆくので、むしろ昼間が多いです。あそこにならんでいるのは、フリーの車がほとんどです」

矢野は、白、赤、グレー、青と色とりどりなマイカーの列に顎《あご》をしゃくって云った。

このとき、白い中型車が列の中から動いて来て小屋の前にとまった。窓から顔を出したのは若い女であった。

「おじさん、いかほど？」

矢野は車のナンバープレートに眼を走らせ、手もとの大学ノートを開いて番号を照合した。

「二時間半ですから、三時間ぶんとして三百円をいただきます」

車が出て行くと矢野は百円玉三つを横の手提げ金庫の中にほうりこみ、大学ノートを閉じた。

「矢野さん。この駐車小屋には、沼井の奥さんが交替で来ていたそうですね？」

添田は平吉の事情調書の言葉を思い出してきいた。

「ああトミ子さんはよく来ていましたな。べつにわたしから交替をたのんだわけじゃないが、トミ子さんは小説本なんかを読みにこの小屋に来ていたよ。主人の沼井さんとは気が合わなくてね。ここに逃げてきて本をゆっくりたのしんでいたな」

「それは一日に何時間くらい？」

「たいてい午後の二時ごろに来て、四時ごろに帰って行ってましたな。日によって時間も違うけど。そのあいだ、わたしはトミ子さんにここを任せて家でのんびりできたから助かりました」

「では、そのあいだ駐車場に出入りする車の料金はトミ子さんがうけとっていたのですね」

「そうです」

「いま見ると、料金を計算するため大学ノートに各車の駐車時間が記入されてあるようですが、それはナンバーも書き入れてあるのですね？」

「もちろんです。そうしないと、どの車からいくら駐車時間の料金をとってよいかわかりませんでな」

「その大学ノートはずっと保存されてあるんですか？」

「いや。二ヵ月以前のものは焼却です。このノートでいえば、三冊くらい前のものは焼却ですな」

「そうですか。矢野さん。ではお手もとにある二冊ぶんのノートをちょっとのぞかせてくれませんか？」

添田は思いついて矢野に云った。

矢野は、添田に部厚い大学ノートを二冊出した。

一冊は使用済のもので、表紙には「自一月五日・至一月三十一日」とある。もう一

冊は使用中のもので、「自二月一日――」からになっている。今月の残りのページは
あと四、五枚が白紙だった。

うすい横罫《よこけい》に、日、駐車時間、車のナンバーとがボールペンで横書きにしてあった。たとえばこんなふうについていた。

品川・1467．午前11時〜午後1時。／練馬・9126．午前11時30分〜午後2時。／埼玉・4167．午後1時〜3時20分。／練馬・5913．午後2時〜4時。／多摩・5798．午後2時40分〜4時50分。――

むろん各番号の頭には3・4・5など分類数字がついている。

筆蹟には二《ふた》とおりあった。一つは粗《あら》っぽくて拙劣だが、もう一つはきれいだった。ノートの上ではきれいな文字の部分がずっと少なかった。

「これが沼井トミ子さんの筆蹟《て》ですね？」

「そうです」

下手な文字はもちろん矢野自身のものである。

トミ子の筆蹟は三月一日午後二時―四時の二時間の記入が最後になっていた。彼女は翌二日午前六時すぎに殺害されている。その二時間の車の出し入れの台数は三台であった。

練馬・6974．2時10分〜3時40分。／埼玉・2651．2時40分〜3時30分。／山梨・7124．3時10分〜4時30分。

この末尾の4時30分は四時に交替した矢野が記入したものだった。

分類数字の3は排気量二〇〇〇CC以上の乗用車、4は貨物車、5は排気量二〇〇〇CCまでの乗用車だとは分っても、メーカーや年式はまったく不明だった。

添田は使用済ノートの一月五日から繰ってみた。トミ子の筆蹟《ひっせき》は毎日または隔日に出ている。時間も午前十一時から午後一時、午後一時から三時、二時から四時といったようにまちまちだったが、たいていは二時間くらいになっていた。これが家から管理人小屋にのがれたトミ子の「読書時間」のようである。

ノートの数字はいずれもフリーの駐車だけで、月極めのほうははずしてある。月極めは近くの分譲住宅地で車庫のない家や団地などの出勤者の車が利用していた。

「このフリーで駐車するドライバーたちは、どんな用事でこのへんに来ているのですかね？」

都内のほか埼玉・山梨・千葉などの車もまじっているので添田は矢野に訊《き》いた。

「さあ、いろいろですよ。この近くの住宅や団地の訪問者もあるし、ドライブに来て、ここで車を預けたあと、森林の中を散歩するのもいます。このへんにはまだ武蔵野の名残りがあるというのでね。少し先に行くとそういう人を目当てに茶店や釣堀などもあるしね。野道を歩くぶんにはいい場所ですよ」

添田がざっと眼を通しただけでも、同じナンバーの車が三回も四回もこの駐車場に来ていることはなかった。ほとんどが一度きりというのは、矢野の言葉どおりドライバーの目的が気まぐれな散歩にあるためのようだった。

「このトミ子さんが記入した車のナンバーを写させてくれませんか？」

「かまわないですよ、どうぞ」

矢野は使用中のノートから渡した。これは二月一日から現在までのぶんである。そのうち、トミ子の筆蹟は十九日間にわたっているが、連日と二、三日置きとが混っていた。時間にして六十四時間、記入の駐車台数は百二十八台だった。

一月五日からのノートは九十五台がトミ子の記入であった。添田が同僚といっしょに二百二十三台ぶんのナンバーと駐車時間とを写し終えたときは夕方近くになっていた。

「その車をいちいち当ってみるんですか？」

矢野庄一は、ご苦労なことだという顔をした。

「いや、そういうわけじゃないですが、ちょっと参考までにね」

添田は笑った。

「刑事さんもたいへんだな」

矢野は二人を見上げて、煙草に火を付けた。

「平吉さんが検事の前で警察で述べた自供を翻したので、あんたがたはその裏づけをとるということだが、警察では平吉さんの犯行に間違いなしとして証拠を揃《そろ》えて検察庁に身柄を送ったのと違うのかね？」

と、うさん臭げな眼つきをした。

「たしかにそうなんですがね、矢野さん。けど、念には念を入れで、もういちど確認をやっているんですよ」

「そうかねえ」

「ところで、矢野さん。あなたに代ってトミ子さんがここにいるとき、トミ子さんとよく話を交わしている駐車のドライバーがいた様子はなかったですかね？　トミ子さんは小説などをここで読み耽《ふけ》っていたというから、そういう文学の好きなドライバーだと話が合いそうなものですがね」

「そういうのには気がつかんな。もし、そうだったら、その車がたびたびここにくるはずだけどな。その帳面にも同じナンバーの駐車はないからね」

「そうですね」

添田は自分が写しとった数字の羅列に眼を落し、そのとおりだと思った。

「だいいちね、トミ子さんは、ここで本を読んだりして駐車にくる人と話をするのが好きじゃなかったね。もともと愛想のよくないひとだから、客に文句を云うことはあってもね」

「どんな叱言《こごと》を云うんですか？」

「なに、つまらんことさ。いつかも、わしと交替したとき、ぷりぷりしてたから、どうしたのかと聞くと、車の床に散った土埃《つちぼこり》を手箒《てぼうき》でゴミとりに集めてそれを駐車場のコンクリートの隅に捨てに行った女がいたので、非常識だと文句を云ってやったといってたな。なんでもゴム風船の割れた屑《くず》なんかもその中にまじっていたそうだ」

「ほう、ゴム風船の割れたものまでもね。近ごろの若い者はそんなものまで面白がって車内に吊《つ》ったりしてますからね」

添田は何気なく云った。じっさい、若いドライバーには子供の玩具《おもちゃ》のようなものを車の中に飾っているものもある。

「それはまた文句を云われても仕方のない非常識な女もいたものですな。いつごろのことですか？」

「一月下旬だったかな。なに、そりゃ、女だけじゃなくて男が運転席にいたそうだ。車に手箒などの掃除道具を積んでいるなんて、ハイヤーなどは珍しくもないけど、若い者のマイカー族にもきれい好きがいたもんだね」

そこへ新しく駐車するスポーツカーが入ってきた。

沼井トミ子殺しはすでに所轄署で捜査の終った解決済みの事件である。被疑者沼井平吉を地検に送付し、検察官はかれを起訴している。平吉が検事の前で警察での自白をどのように翻そうと、所轄署としては公判の成行を見るだけである。捜査官は証人として公判廷に喚問されたら、被疑者として取調べの段階で被告の主張するような「自白を強要された」「長時間の取調べで精神的な苦痛を与えられた」「予断をもっての誘導訊問《じんもん》または利益誘導された」等の事実は、まったくなかったことを説明すればよい。

このような状態のなかで、新米刑事の添田壮介が「有料駐車場」の「駐車料金ノート」のことをどうして上司に持ち出せようか。そのことは捜査のミスを意味し、捜査のやり直しにつながる。杉浦係長に怒鳴られるにきまっていた。係長だけでなく署長も県警本部の横川警部補に気がねするだろう。実は、駐車場小屋に行って矢野庄一に

「駐車料金ノート」を出させたのも、添田の独断で、係長には黙って行なったのだった。

添田は、沼井トミ子が「読書」のために矢野に代り料金小屋に居たとき車を預けにくるドライバーのだれかと親しくなっているにちがいないと推測していた。たとえ矢野庄一から、ノートにはトミ子によって記入された車のナンバーが三回と重出していないこと、トミ子は愛嬌《あいきょう》のない女で、そのようなことのできる女ではないと聞かされても、まだ納得ができなかった。彼は平吉が妻殺しの下手人ではないと信じている。真犯人がトミ子と接触する機会があれば、それは彼女が料金小屋に読書のために矢野と交替して坐《すわ》っている時間だと思っている。

あれは知人の犯罪だ。殺害されたトミ子の眼蓋《まぶた》はふさがれていた。平吉は横川警部補の訊問に「自分が閉じてやったかもしれないが、気持が動顚《どうてん》していたのでよく憶《おぼ》えていない」と答えている。つづいて現場に駆けつけた駐在所の長崎巡査も村瀬医師もトミ子の眼はすでに閉じられていたと思うと云っている。犯人が殺害した相手の眼蓋を撫《な》でおろすのは、ほとんど肉親とか友人、知人に限られている。そういう加害者からすると、かっと見開いた死者の動かぬ瞳《ひとみ》には、復讐《ふくしゅう》の怨念《おんねん》に充《み》ちた呪術《じゅじゅつ》がこもっているようで、それに気味悪さをおぼえて閉じるのであろう。

トミ子殺しのばあいは、彼女の身体《からだ》と顔の位置からして、その顔に隣の六畳の十ワットの電燈《でんとう》の光が当っていた。たとえその光はうす暗くとも、血溜《ちだ》まりの中に横たわった死者の、剝《む》き出た眼はまるで仏像の玉眼《ぎょくがん》のように燿《かがや》いていたろう。その眼蓋を擦《さす》りおろしたのは犯人の恐怖心だ。

杉浦係長や県警本部の横川警部補などが現場での沼井平吉の「冷静すぎる態度」を決め手の一つとしているが、あれも彼の云うとおり、女房を殺した憎い犯人を早く警察につかまえてもらいたいため、壁のスイッチについているかもしれぬ犯人の指紋に気をつけさせたのだろう。そのほうが筋が通っていると添田は思った。彼の怪我《けが》にしても、やはり警察は鑑定医の「自傷」という参考意見に科学的権威を認め、それに捜査の判断がひきずられている。

——しかし、その考えを添田は長崎巡査にひそかに洩《も》らしたが、刑事課の先輩たちには云えなかった。まして「駐車料金ノート」にあるトミ子記入のナンバーの車二百二十三台について各陸運局に問い合せ、その持主について一々調査するのは、刑事課の組織力を動員する以外、添田個人が単独でやれるものではなかった。それは不可能だ。しかも「駐車料金ノート」の去年までのぶんはすべて焼却されているのである。添田は、上司にも云い出しかね、さりとて独力で調査もできず、憂鬱《ゆううつ》な日々を過し駐車料金ノートから抽出したトミ子の筆蹟による駐車ナンバーの写しも宝のもちぐされのように思われた。

そんな或《あ》る日、彼は妻とデパートに買いものに行った。地下食料品売場というのは男にはあまり関係のない場所である。妻はそこの食肉売場で牛肉を二百グラム買った。添田は、そこから少し離れた漬物売場の前に立って見ていた。白い帽と白いうわっぱりの女店員が品ものを妻に手渡すついでに、はなれて佇《たたず》んでいる添田にも視線を送って目礼した。客が夫婦づれだというのを知ってのことだ。

添田夫婦はまた同じ階の干魚の売場に行った。妻はそこで少し買物をしていた。彼だけが先に階段のほうに向っていると、せまい通路を歩いてくる白衣の女店員にていねいに頭をさげられた。

さっきの食肉売場の女店員であった。添田はもう忘れていたが、向うでは牛肉を買ってくれた奥さんの主人としてちゃんと見おぼえていた。たぶん女店員の気持には、さっき視線が合って目礼したことでもあり、添田が見おぼえていると思って、少していねいにおじぎをしたのであろう。

添田は階段を上る脚の動きがよくわからないくらいに、新しい思案に包まれた。

沼井の有料駐車場にきた車から女が降りて車の床に溜まった土埃を隅に捨てに行っ

た、そのことでトミ子が叱言《こごと》を云ったという矢野の話が頭に蘇《よみがえ》ってきた。運転席には男がいた。男はたぶん恋人だか妻だかに文句をいうトミ子のほうをそこから睨《にら》んでいたろう。トミ子もその男を見返していたろう。二人の視線はそこで何秒間かからみ合っていたはずだ。

車の運転席や座席の床は、靴の泥が落ちて汚れやすい。舗装のない道を歩いた靴ならなおさらである。

それにしても、車の中に手箒を常備しているとは、めずらしくきれい好きなアベックである。現場検証をしたとき、沼井トミ子を殺しに入ったと思われる犯人の靴が運んだはずの外部の土がその家の裏口にも土間にもなかったことが思い出される。

しかし、トミ子はその犯人の男に記憶があっただろうか。数多い臨時の駐車客だ。とくに眼を開けると、うすぐらい電燈の中にその男が枕元《まくらもと》に立っていた。それで、はじめは寝ぼけて、はてな、だれだろうとその顔を瞬間に見つめる。犯人はその視線で、以前に或る事があってトミ子に自分の顔を見おぼえられていると思った。それで殺す決心になった。

だが、もう一つ何かが足りない。ゴミを捨てただけで、有料駐車場にいたトミ子が、そのドライバーをいつまでも睨みつけていただろうか。そんなことは叱言を云っただけで済むものだ。

トミ子はもっと熱心にその男の乗った車を凝視していたはずだ。そのように執拗《しつよう》に見つめられたからこそ、男は自分の顔をトミ子に見おぼえられていると思いこんだのだ。つまりその車の男が犯人なのだ。間をおいて、三月二日の未明、沼井平古方に盗みに入ったとき、眼を開けたトミ子に見られた。あのときの有料駐車場の女だったのか。この女はおれの顔を知っている。犯人はそう思った。だから、殺したあとも、開いているトミ子の眼を閉じたのは犯人なのだ。「凝視」が恐ろしかったのである。その眼蓋を撫《な》で降ろして閉じてやったのを、捜査側は夫の平吉だと誤って推定した。肉親はよく死者の眼を閉じるからである。

では、有料駐車場でのトミ子の凝視の対象は何だったのだろうか。

ゴム風船だ、と添田は思い当った。

トミ子は去年、三歳になる長男の謙一が病死していらい、ヒステリー気味で、亭主の平吉にも辛《つら》く当っていた。それは幼児で死んだ一人息子の謙一を忘れかねているからである。駐車場で読書によけいに耽りはじめたのもそれをまぎらわすためであった。

そこへ臨時の駐車があった。その車にはゴム風船が吊《つ》ってあった。トミ子の眼が、死んだ幼児を想《おも》い出させてそれを見つめる。曾《か》つては元気だった謙一の手にも握らせた玩具である。運転席にいた男には、まるで自分の顔をトミ子が見つめているように思えたろう。

女は、そのゴム風船の一つが割れたのを車の中のゴミといっしょに駐車場の隅に捨てた。トミ子には、まるでわが子の風船が捨てられたように耐えがたかったかもしれない。それでゴミ捨ての文句も強くなった。

その車にはゴム風船のかなりな数を吊っていたかもしれない。いちおうそう仮定してみよう。ゴム風船はデパートの玩具売場にも市内の玩具屋にもあるが、幼児でも持たない限り、わざわざそんなところから買って車の中に持ちこむことはあるまい。若い者の遊びと考えよう。

するとそのゴム風船はどんな場所で買ったのだろうか。屋台の玩具屋だ。祭りの日などに神社の境内に出ている屋台店である。

添田は家に帰って、壁にかけてある大型のカレンダーをめくった。それには各地の祭りや催しものの行事が日ごとに記載されてあって興味があるので、過ぎた月のものも破り捨てないで置いていた。

彼は今年の一月のぶんをめくり戻して見た。眼が一月十八日のところにとまった。

《S県T市・聖明寺の宝恵市《ほうえ》》

これだ、と添田は思った。

聖明寺はへんぴな場所にあって、日ごろお詣《まい》りする人は少ない。けれども宝恵市は、その年の縁起祈願の意味もあって、近隣の人々が集まる。遠いので、東京都内からわざわざ行く人はあまりない。その参詣者《さんけいしゃ》のために、この日には境内に屋台店が出る。子供らのために風船を売る店も当然に出る。遊び半分に車で行く若い者も多いはずだ。車内にその風船を吊っていたからには、その「宝恵市」の帰りであろう。そんなものをいつまでも車内に飾ってはおかないからだ。風船の数が多かったとすれば、当日の可能性が強くなる。

料金ノートについている一月十八日の駐車番号をもういちど洗い直すことだ。そうして、その日に聖明寺の宝恵市に行った車の持主を見つけるのである。T市の聖明寺と沼井平吉経営の有料駐車場とは、八キロもはなれていなかった。犯人は県内に住む者という可能性がある。恋人の居る若い男で、ドライブの好きな奴《やつ》にちがいない。

犯人は、それから一ヵ月後に挙がった。

解説

尾崎秀《ほっ》樹《き》

松本清張にとって、人間とその人間の集団である社会ほど、興味ぶかい対象はないのではないかと思われる。かつて人間的興味を文学の中心にすえたのは菊池寛だったが、松本清張の場合はその戦後的発展であるだけでなく、歴史、社会、政治にもおよぶひろい視野をもち、さまざまな素材に挑みながら、つねに人間的興味を忘れない点では、群を抜いた存在であり、それがいつまでも人気の衰えない大きな理由ではなかろうか。

彼の知的好奇心、探求心は限りを知らない観がある。一方で社会的な事件や古代から近・現代までの歴史に目をそそぐかと思うと、ごく日常的なさまざまなできごとをも追究し、庶民の心理のひだにわけ入って、人間のもつ欲望や愛欲の歪《ゆが》みまでをとりあげるのは、その結果だ。私たちがふだん何気なく見過してしまうような問題でも、彼にとっては好奇心、探求心の対象となるのだ。

犯罪の動機や日常性を重視した松本清張の作品が、戦後の推理小説ばかりか文学全般におよぼした影響の大きさは、今さらいうまでもないが、それも彼の人間への興味にもとづいているといえる。人間はさまざまな欲望を内包しているが、運命の偶然はその欲望を表面化させ、犯罪をもうみ出しかねない。政治家や企業の組織的な悪にも、人間のゆがんだ欲望が反映しているが、ごく平凡な人間の心にも悪の芽はあることを、彼は多くの作品でえぐり出している。

さらに犯した罪をかくすために、種々の手段をめぐらすところには、自己防禦《ぼうぎょ》の本能が顔をみせるし、また平凡な人間に罪を犯させる運命の狂いは、ときには裏目に出て、犯罪発覚に一役買う場合もあったりする。

これらすべては、人間の心理にひそむ弱点が、その環境とからみあうことによって、犯罪をも構成し、それらの人物の破滅にも通じることをしめしている。松本清張は前半生の苦労の多い生活をとおして、人間心理の諸側面を知り、身の安全を守ろうとするために、悪の道にふみこむ男女や、運命の受けとめかたを誤まって、自分の軌道まで狂わせてしまう人の姿を、数多く目にしながら、そうした弱点をひそませた人間というものに、ふかい関心を抱いたに違いない。彼が犯罪の動機を重視したのは、そこにさらけ出された人間の心理を、追究しようとする意識のあらわれだったのではなかろうか。

彼の作品には天性の悪人はあまり出てこない。計画的な犯罪であっても、犯人は通常の人々とまるでことなる感覚の持ち主ではなく、生活の匂《にお》いが感じられる。むしろ平凡な人間が、犯罪者となるこわさを教えられることが多い。同時に彼は真相追及にあたる刑事などの人物も、いわゆる名探偵などは登場させず、同じ人間の次元で描いている。犯罪のトリックやそれを解くカギは、いろいろに工夫がこらされてはいるが、それは作品の形をととのえる補助的役割をはたすもので、主要なモチーフは人間であり、その心理の過程を追う興味であろう。推理小説の形式の中に、彼はつきることのない人間への興味をもりこんでいるのだ。

かつてある新聞で、「近代小説が心理描写だといわれているからには、犯人の心理を主体とした推理小説も、近代小説になり得るんじゃないか、ということから書きはじめた」と語っていたのも、それを裏づける。そして彼が関心をもつのは、いわゆる有名人の心理ではなく、犯罪や事件がおこらなければ人々の目にふれないような、あらゆる職業や立場の男女の心理なのだ。

『水の肌』には表題作をはじめ五篇が収録されているが、ここに描かれた人物もまたそれにあてはまる。

「指」（「小説現代」昭和四十四年二月号）は洋裁の技術をもつバアのホステスを主人公としたもので、〝偶然〟が彼女に幸運をもたらし、同時に不運をはらむといった内容だ。作者は冒頭で、偶然の物語は陳腐だが、「『陳腐』が日常性から発している以上、現実にその例が多い」とことわり、〝偶然〟を意識的に使ってこの短篇をつくりあげている。

福江弓子は喫茶店で出会ったバアのマダム恒子と、同性愛の関係をもつが、恒子の死後に知りあい、結婚を約束した男性は、恒子のパトロンの息子だった。しかも彼は恒子との過去を秘めた目白台のマンション「楡館《エルム》」が気に入り、新居をそこにきめてしまう。もし管理人の口から恒子との関係がバレたら、せっかくの幸運が奪われる。そこから殺意が芽ばえ、犯行に到《いた》るまでをたどったあとで、女管理人殺害事件の真相があばかれてゆく経過を述べている。松本清張の推理ものに多い、前半が普通の小説体、後半が推理といった形式をとっているが、飼犬や洋裁用の巻尺など、小道具のあつかいもたくみで、すっきりとまとまっている。

「水の肌」（「小説現代」昭和四十六年一月号「沈下」改題）は、ある企業が引き抜きの目的で興信所に依頼した笠井平太郎という男の調査報告書から浮かびあがる同人の像を追う形で展開されてゆく。笠井は優秀な成績で某大学の理学部及び工学部を卒業、大学院に学び、M光学に就職した技術者だが、不況の光学業界に失望してD自動車のコンピューター部門に転職、さらに研究のためアメリカへ渡った。自尊心が極度につよく、利己的で非妥協的な笠井は、そこで関西の資産家の娘と恋愛におちいると、妻のもとへ帰らず、たくみに蒸発をよそおって、みずからの野心も成就《じょうじゅ》させた。だが別れた妻の再婚相手が、無能な人物として軽蔑《けいべつ》していたM光学時代の同僚だと知ると、ひそかな計画をめぐらす。その犯罪発覚の過程はおもしろく、いかにも皮肉な着想に、作者のアイデアのみごとさがみられる。

「留守宅の事件」(「小説現代」昭和四十六年五月号）は、アリバイ崩しの一種だが、自動車のセールスマンが出張中に、留守宅の妻が殺されるという設定は、新聞紙上などでよく目にする事件を思わせる。ここでは、かねて被害者に思いを寄せていた夫妻の友人が、疑われて逮捕されたものの、犯行を否認し、現場の模様や関係者の証言をもう一度洗い直すうちに、意外な事実が判明することになっているが、そのあたりに月なみなできごとにも空想力を働かせ、いろいろな可能性をさぐろうとする作者の態度がうかがわれるといえよう。

「凝視」(「週刊読売」昭和五十二年七月二日号〜八月十三日号「視線」改題）は、東京都の周辺でまだ昔の面影をとどめている土地で、農家が強盗に襲われ、主人の沼井平吉は負傷し、妻が殺された事件をあつかっている。二人の夫婦仲がうまくいっておらず、妻に保険をかけていたこともあって、平吉に嫌疑がかかり、彼は逮捕されて自白する。しかし新米の刑事が傷の状況などから、その自白に疑いをもち、調べた結果、真相をつきとめるのだ。結果は「留守宅の事件」とちょうど逆になっているが、ここではごく小さなことに大きな意味がふくまれており、それに気づかなかったり、あるいはその意味をとり違えたりすることの重大性にふれている。タイトルの「凝視」はそれをさしているのだ。

「小説　3億円事件」（「週刊朝日」昭和五十年十二月五日号〜十二日号）は、以上四作とはやや傾向がことなり、史上最大の現金強奪事件として話題をよんだ三億円事件を、アメリカの保険会社調査員による報告書の形で推理したものである。

昭和四十三年十二月に東京府中市内で、警官を装《よそお》った男に三億円を積みこんだ銀行の現金輸送車が車ごと奪われたいわゆる〝三億円事件〟は、金額の多さや手口の巧妙さなど、犯罪史上でも稀有《けう》のできごとだっただけに、警視庁はかつてない大がかりな捜査を行い、投入した捜査員の数、捜査費、一般からの情報提供数などにおいても記録的な数字を樹立する。しかしその懸命な努力もむなしく、犯人不明のまま七年前に刑事訴訟法による時効が成立した。

この間、マスコミは捜査の経過をこまかく伝え、専門家や推理マニアだけでなく、一般家庭のお茶の間でも、犯人像の推理がなされた。とくに時効成立の昭和五十年十二月十日前後には、新聞をはじめ、週刊誌、雑誌など、大きく紙面を割いて、特集を載せたが、この「小説 3億円事件」もその一企画として発表されたものと思われる。

もっとも刑事では七年だが、民事では時効までにあと十三年残っており、松本清張はそうした問題をふまえて、保険会社の調査報告という形をとったのではなかろうか。すでにさまざまな角度から書かれた事件だけに、どのようなきり口から追及すべきか、彼なりの工夫をしたのであろう。そして、初歩段階の捜査の中に、空白地帯のあることを指摘し、その見落しの理由をもさぐっている。

作中にあるつぎの部分――

「事件が起ってから満7年に近づき、これまで投入した捜査人員は延べ約12万人（最終的発表では延べ十七万千五百二十人）、捜査費用は被害額の3億円の3倍にも達しているというのに、これはおどろくべき初歩的な手落ちであった。日本の警察は世界一捜査能力にすぐれているとの定評であるが、しかし、あるいは有能者にしばしばみられる精神的空隙《くうげき》かもしれないと思った」

というやや皮肉な言葉は、この事件捜査に関する作者の批判だともいえる。

作者は事件の経過を再検討し、自殺した青年と、その周辺の人々に光をあてている。現実に迷宮入りのまま、一応捜査本部が解散され、その後あらたな情報にも接しない現在、松本清張の推理も小説として読むほかないが、この作品は三億円事件の影の部分を私たちに教えてくれる。

犯人の心理を追究した「指」と「水の肌」、日常的な事件をとりあげ、捜査にあたっておちいりやすいミスをしめした「留守宅の事件」と「凝視」、そして社会的大事件に取り組んだ「小説 3億円事件」と、ここに収録された五篇を三種に分類することもできるが、しかしそのいずれも松本清張の人間的興味を基盤とした視野のひろがりと、その豊富な才能、長い作家活動をとおして養われた技法のたしかさなどを、あらためて感じさせてくれる興味ぶかい作品である。

（昭和五十七年六月、文芸評論家）

この作品は昭和五十三年十月新潮社より刊行された。

松本清張著

小説日本芸譚

千利休、運慶、光悦——。日本美術史に燦然と輝く芸術家十人が煩悩に翻弄される姿——人間の業の深さを描く異色の歴史短編集。

松本清張著

或る「小倉日記」伝

芥川賞受賞　傑作短編集(一)

体が不自由で孤独な青年が小倉在住時代の鷗外を追究する姿を描いて、芥川賞に輝いた表題作など、名もない庶民を主人公にした12編。

松本清張著

黒地の絵

傑作短編集(二)

朝鮮戦争のさなか、米軍黒人兵の集団脱走事件が起きた基地小倉を舞台に、妻を犯された男のすさまじい復讐を描く表題作など9編。

松本清張著

西郷札

傑作短編集(三)

西南戦争の際に、薩軍が発行した軍票をもとに一攫千金を夢みる男の破滅を描く処女作の「西郷札」など、異色時代小説12編を収める。

松本清張著

佐渡流人行

傑作短編集(四)

逃れるすべのない絶海の孤島佐渡を描く「佐渡流人行」、下級役人の哀しい運命を辿る「甲府在番」など、歴史に材を取った力作11編。

松本清張著

張込み

傑作短編集(五)

平凡な主婦の秘められた過去を、殺人犯を張込み中の刑事の眼でとらえて、推理小説界に新風を吹きこんだ表題作など8編を収める。

松本清張著
駅路
傑作短編集(六)
これまでの平凡な人生から解放されたい……。停年後を愛人と送るために失踪した男の悲しい結末を描く表題作など、10編の推理小説集。

松本清張著
わるいやつら
(上・下)
厚い病院の壁の中で計画される院長戸谷信一の完全犯罪！　次々と女を騙しては金をまき上げて殺す恐るべき欲望を描く長編推理小説。

松本清張著
歪んだ複写
―税務署殺人事件―
武蔵野に発掘された他殺死体。腐敗した税務署の機構の中に発生した恐るべき連続殺人を描いて、現代社会の病巣をあばいた長編推理。

松本清張著
半生の記
金も学問も希望もなく、印刷所の版下工としてインクにまみれていた若き日の姿を回想して綴る〈人間松本清張〉の魂の記録である。

松本清張著
黒い福音
現実に起った、外人神父によるスチュワーデス殺人事件の顚末に、強い疑問と怒りをいだいた著者が、推理と解決を提示した問題作。

松本清張著
ゼロの焦点
新婚一週間で失踪した夫の行方を求めて、北陸の灰色の空の下を尋ね歩く禎子がまき込まれた連続殺人！『点と線』と並ぶ代表作品。

松本清張著
眼の壁
白昼の銀行を舞台に、巧妙に仕組まれた二千万円の手形サギ。責任を負った会計課長の自殺の背後にうごめく黒い組織を追う男を描く。

松本清張著
点と線
一見ありふれた心中事件に隠された奸計！列車時刻表を駆使してリアリスティックな状況を設定し、推理小説界に新風を送った秀作。

松本清張著
黒い画集
身の安全と出世を願う男の生活にさす暗い影。絶対に知られてはならない女関係。平凡な日常生活にひそむ深淵の恐ろしさを描く7編。

松本清張著
霧の旗
兄が殺人犯の汚名のまま獄死した時、桐子は依頼を退けた弁護士に対する復讐を開始した。法と裁判制度の限界を鋭く指摘した野心作。

松本清張著
蒼い描点
女流作家阿沙子の秘密を握るフリーライターの変死――事件の真相はどこにあるのか？代作の謎をひめて、事件は意外な方向へ……。

松本清張著
影の地帯
信濃路の湖に沈められた謎の木箱を追う田代の周囲で起る連続殺人！ふとしたことから悽惨な事件に巻き込まれた市民の恐怖を描く。

松本清張著　時間の習俗

相模湖畔で業界紙の社長が殺された！　容疑者の強力なアリバイを『点と線』の名コンビ三原警部補と鳥飼刑事が解明する本格推理長編。

松本清張著　砂の器（上・下）

東京・蒲田駅操車場で発見された扼殺死体！新進芸術家として栄光の座をねらう青年の過去を執拗に追う老練刑事の艱難辛苦を描く。

松本清張著　黒の様式

思春期の息子を持つ母親が、その手に負えない行状から、二十数年前の姉の自殺の真相にたどりつく「歯止め」など、傑作中編小説三編。

松本清張著　Dの複合

雑誌連載「僻地に伝説をさぐる旅」の取材旅行にまつわる不可解な謎と奇怪な事件！　古代史、民俗説話と現代の事件を結ぶ推理長編。

松本清張著　死の枝

現代社会の裏面で複雑にもつれ、からみあう様々な犯罪——死神にとらえられ、破滅の淵に陥ちてゆく人間たちを描く連作推理小説。

松本清張著　眼の気流

車の座席で戯れる男女に憎悪を燃やす若い運転手、愛人に裏切られた初老の男。二人の男の接点に生じた殺人事件を描く表題作等5編。

吉村昭著　高熱隧道

トンネル貫通の情熱に憑かれた男たちの執念と、予測もつかぬ大自然の猛威との対決――綿密な取材と調査による黒三ダム建設秘史。

吉村昭著　光る壁画

胃潰瘍や早期癌の発見に威力を発揮する胃カメラ――戦後まもない日本で世界に先駆け、その研究、開発にかけた男たちの情熱。

吉村昭著　脱出

昭和20年夏、敗戦へと雪崩れおちる日本の、辺境ともいうべき地に生きる人々の生き様を通して、〈昭和〉の転換点を見つめた作品集。

吉村昭著　冷い夏、熱い夏

毎日芸術賞受賞

肺癌に侵され激痛との格闘のすえに逝った弟。強い信念のもとに癌であることを隠し通し、ゆるぎない眼で死をみつめた感動の長編小説。

吉村昭著　仮釈放

浮気をした妻と相手の母親を殺して無期刑に処せられた男が、16年後に仮釈放された。彼は与えられた自由を享受することができるか？

吉村昭著　プリズンの満月

東京裁判がもたらした異様な空間……巣鴨プリズン。そこに生きた戦犯と刑務官たちの懊悩。綿密な取材が光る吉村文学の新境地。

城山三郎著
総会屋錦城
直木賞受賞

直木賞受賞の表題作は、総会屋の老練なボス錦城の姿を描いて株主総会のからくりを明かす異色作。他に本格的な社会小説6編を収録。

城山三郎著
役員室午後三時

日本繊維業界の名門華王紡に君臨するワンマン社長が地位を追われた——企業に生きる人間の非情な闘いと経済のメカニズムを描く。

城山三郎著
雄気堂々（上・下）

一農夫の出身でありながら、近代日本最大の経済人となった渋沢栄一のダイナミックな人間形成のドラマを、維新の激動の中に描く。

城山三郎著
毎日が日曜日

日本経済の牽引車か、諸悪の根源か？　総合商社の巨大な組織とダイナミックな機能・日本的体質を、商社マンの人生を描いて追究。

城山三郎著
官僚たちの夏

国家の経済政策を決定する高級官僚たち——通産省を舞台に、政策や人事をめぐる政府・財界そして官僚内部のドラマを捉えた意欲作。

城山三郎著
男子の本懐

〈金解禁〉を遂行した浜口雄幸と井上準之助。性格も境遇も正反対の二人の男が、いかにして一つの政策に生命を賭したかを描く長編。

塩野七生著　愛の年代記

欲望、権謀のうず巻くイタリアの中世末期からルネサンスにかけて、激しく美しく恋に身をこがした女たちの華麗なる愛の物語9編。

塩野七生著　チェーザレ・ボルジア あるいは優雅なる冷酷
毎日出版文化賞受賞

ルネサンス期、初めてイタリア統一の野望をいだいた一人の若者――〈毒を盛る男〉としてその名を歴史に残した男の栄光と悲劇。

塩野七生著　サイレント・マイノリティ

「声なき少数派」の代表として、皮相で浅薄な価値観に捉われることなく、「多数派」の安直な〝正義〟を排し、その真髄と美学を綴る。

塩野七生著　イタリアからの手紙

ここ、イタリアの風光は飽くまで美しく、その歴史はとりわけ奥深く、人間は複雑微妙だ。――人生の豊かな味わいに誘う24のエセー。

塩野七生著　神の代理人

信仰と権力の頂点から見えたものは何だったのか――。個性的な四人のローマ法王をとりあげた、塩野ルネサンス文学初期の傑作。

塩野七生著　想いの軌跡

地中海の陽光に導かれ、ヨーロッパに渡ってから半世紀――。愛すべき祖国に宛てた手紙ともいうべき珠玉のエッセイ、その集大成。

司馬遼太郎著
関ヶ原（上・中・下）
古今最大の戦闘となった天下分け目の決戦の過程を描いて、家康・三成の権謀の渦中で命運を賭した戦国諸雄の人間像を浮彫りにする。

司馬遼太郎著
花神（上・中・下）
周防の村医から一転して官軍総司令官となり、維新の渦中で非業の死をとげた、日本近代兵制の創始者大村益次郎の波瀾の生涯を描く。

司馬遼太郎著
歴史と視点
歴史小説に新時代を画した司馬文学の発想の源泉と積年のテーマ、〝権力とは〟〝日本人とは〟に迫る、独自な発想と自在な思索の軌跡。

司馬遼太郎著
アメリカ素描
初めてこの地を旅した著者が、「文明」と「文化」を見分ける独自の透徹した視点から、人類史上稀有な人工国家の全体像に肉迫する。

司馬遼太郎著
草原の記
一人のモンゴル女性がたどった苛烈な体験をとおし、20世紀の激動と、その中で変わらぬ営みを続ける遊牧の民の歴史を語り尽くす。

司馬遼太郎著
峠（上・中・下）
幕末の激動期に、封建制の崩壊を見通しながら、武士道に生きるため、越後長岡藩をひきいて官軍と戦った河井継之助の壮烈な生涯。

池波正太郎著
上意討ち
殿様の尻拭いのため敵討ちを命じられ、何度も相手に出会いながら斬ることができない武士の姿を描いた表題作など、十一人の人生。

池波正太郎著
おとこの秘図（上・中・下）
江戸中期、変転する時代を若き血をたぎらせて生きぬいた旗本・徳山五兵衛——逆境をはねのけ、したたかに歩んだ男の波瀾の絵巻。

池波正太郎著
真田騒動
—恩田木工—
信州松代藩の財政改革に尽力した恩田木工の生き方を描く表題作など、大河小説『真田太平記』の先駆を成す〝真田もの〟5編。

池波正太郎著
編笠十兵衛（上・下）
幕府の命を受け、諸大名監視の任にある月森十兵衛は、赤穂浪士の吉良邸討入りに加勢。公儀の歪みを正す熱血漢を描く忠臣蔵外伝。

池波正太郎著
谷中・首ふり坂
初めて連れていかれた茶屋の女に魅せられて武士の身分を捨てる男を描く表題作など、本書初収録の3編を含む文庫オリジナル短編集。

池波正太郎著
まんぞくまんぞく
十六歳の時、浪人者に犯されそうになり家来を殺されて、敵討ちを誓った女剣士の心の成長の様を、絶妙の筋立てで描く長編時代小説。

山本周五郎著

日本婦道記

厳しい武家の定めの中で、愛する人のために生き抜いた女性たちの清々しいまでの強靭さと、凜然たる美しさや哀しさが溢れる31編。

山本周五郎著

青べか物語

うらぶれた漁師町・浦粕に住み着いた私はボロ舟「青べか」を買わされた――。狡猾だが世話好きの愛すべき人々を描く自伝的小説。

山本周五郎著

五瓣の椿

連続する不審死。胸には銀の釵が打ち込まれ、傍らには赤い椿の花びら。おしのの復讐は完遂するのか。ミステリー仕立ての傑作長編。

山本周五郎著

大《おお》炊介《いのすけ》始末

自分の出生の秘密を知った大炊介が、狂態を装って父に憎まれようとする姿を描く「大炊介始末」のほか、「よじょう」等、全10編を収録。

山本周五郎著

柳橋物語・むかしも今も

幼い恋を信じた女を襲う悲運「柳橋物語」。愚直な男が摑んだ幸せ「むかしも今も」。男女それぞれの一途な愛の行方を描く傑作二編。

山本周五郎著

日日平安

橋本左内の最期を描いた「城中の霜」、武士のまごころを描く「水戸梅譜」、お家騒動をユーモラスにとらえた「日日平安」など、全11編。

水《みず》の肌《はだ》

新潮文庫　ま－1－42

昭和五十七年七月二十五日　発行
平成二十一年六月五日　五十三刷改版
令和七年九月五日　六十六刷

著者　松《まつ》本《もと》清《せい》張《ちょう》
発行者　佐藤隆信
発行所　株式会社 新潮社
郵便番号　一六二―八七一一
東京都新宿区矢来町七一
電話 編集部(〇三)三二六六―五四四〇
読者係(〇三)三二六六―五一一一
https://www.shinchosha.co.jp

価格はカバーに表示してあります。

乱丁・落丁本は、ご面倒ですが小社読者係宛ご送付ください。送料小社負担にてお取替えいたします。

印刷・大日本印刷株式会社　製本・株式会社大進堂

ISBN978-4-10-110948-0　C0193